Ernst Michael Schwarz

Der Tote im Luisenhain

Ernst Michael Schwarz

Der Tote im Luisenhain
Karl Sander ermittelt

Ein Köpenick - Krimi

ANTHEA VERLAG

Wer auf Rache sinnt, der reißt seine eigenen Wunden auf. Sie würden heilen, wenn er es nicht täte.

Francis Bacon

Impressum

Hubertusstraße 14, 10365 Berlin
Tel.: (030) 993 93 16 Fax.: (030) 994 01888
eMail: info@anthea-verlag.de
Verlagsleitung: Detlef W. Stein
www.anthea-verlag.de
www.anthea-verlagsgruppe.de

Fotonachweis: Privatarchiv Ernst Michael Schwarz
Umschlaggestaltung/Satz: Stefan Zimmermann
Textredaktion: Thomas Richter

ISBN 978-3-89998-333-3

Prolog

Karl Sander liebte seinen Balkon, egal zu welcher Jahreszeit. Seit 1983 lebte er hier im Allendeviertel am Müggelschlösschenweg, erst bei den Eltern und dann nach dem Studium in einer eigenen kleinen Zweizimmerwohnung im Hochhaus an der Kämmerheide mit Blick auf den Müggelsee. Anfangs fuhr er als Unterleutnant der Kriminalpolizei mit dem Fahrrad zum Dienst ins Revier in die Karlstraße. Aber das ist lange her.

Karl Sander leitet seit nun zehn Jahren als 1. Hauptkommissar eine Ermittlungsgruppe beim LKA 1 in der Keithstraße. Er ist also bei der Mordkommission, die seit geraumer Zeit „Delikte am Menschen" – LKA 11 heißt. Jetzt ist der Arbeitsweg länger, vor allem wenn man bedenkt, dass Karl Sander kein Auto besitzt, also mit Bus und Bahn unterwegs ist. Immer wieder wurden ihm Wohnungen in Charlottenburg angeboten, aber Sander blieb stur. Er war alleine und es war völlig egal, wann und ob er überhaupt nach Hause kam. Außer seinem Balkon mit dem traumhaften Ausblick wartete niemand auf ihn. Da gab es immer wieder mal Mädchen und Frauen, mit denen er sich ein Leben hätte vorstellen können, aber es hat nicht sollen sein. Er war und blieb mit seinem Job verheiratet, die Kollegen waren die Familie.

Dieses Wochenende war völlig frei, keine Bereitschaft, nichts, Sander genoss diese Tage. Entweder auf seinem kleinen Balkon in der siebzehnten Etage oder bei einer ausgiebigen Radtour am See, auch mal bis nach Erkner. Da er gestern bei seinem Freund Peter im „Anker“, der urigen Seemannsbar in der Altstadt, vorbeigeschaut hatte und es doch nicht bei einem Glas Bier geblieben war, würde es heute nur der Balkon sein. Langsam begann alles zu grünen. Der Frühling legte sich richtig ins Zeug. Die Sonne schien direkt auf seinen Liegestuhl und so blieb er einfach hier. Genau in diesem Moment meldet sich sein Smartphone.

„Nein – da gehe ich jetzt nicht ran.“

Als er aber dann aufs Display schaute stutzte er, es war sein Chef Kriminalrat Winter persönlich, der ihn eigentlich nur zweimal im Jahr anrief, zum Geburtstag und an Weihnachten, wenn er Dienst hatte. Beide kannten sich schon lange, Winter hatte ihn damals 1992 zum LKA geholt als Ermittler. Seitdem gingen beide den gleichen Weg. Sander wurde 1. Hauptkommissar und Winter Kriminalrat und Leiter der Mordkommission.

„Frank, ich habe frei, das erste Mal seit Wochen. Was ist los?“ Sander war sauer.

„Karl, in zehn Minuten holt dich Tarek Nuri ab. Eine Leiche in Köpenick, warte mal, wo ist das – Luisenhain!“

Sander wurde noch ungehaltener: „Wenn nächstens in Friedrichshagen ein Hund wegläuft, holt Ihr mich dann auch? Wir haben hier in Köpenick eine Polizeiwache. Die 66 mit Abschnittskommissariat, wo sind die?“ Jetzt war Sanders Laune auf dem absoluten Tiefpunkt angekommen.

Kriminalrat Winter blieb ruhig: „Die sind schon vor Ort. Wenn ich dir jetzt den Namen des Toten nenne, klingelt da was bei dir? – Willi Kreibig oder auch Genosse Oberst Willi Kreibig?“

Karl Sander wurde heiß und kalt. Schweißperlen standen ihm auf der Stirn. In seinem Kopf liefen blitzartig viele Bilder ab, Ereignisse, schlimme, längst verdrängte, so glaubte er jedenfalls, bis ins Persönliche hinein.

„Karl, bist du noch da? Fahrt da jetzt hin. Wir werden alles andere morgen besprechen. Gerichtsmedizin ist vor Ort, Professor Weinert `wetzt` schon die Messer und wartet auf die Leiche in der Charité Ach noch was Karl. Deine neue Kollegin Britta Fuchs, Hauptkommissarin aus Nürnberg ist da. Habe sie gleich vor Ort geschickt. Sei nett zu ihr.“

„Ja, du kennst mich doch!“ Sander schien wieder etwas ruhiger.

„Na, eben drum.“ Winter legte auf. Im selben Moment klingelte es. Tarek war vorgefahren.

**

… 12 Stunden zuvor:

Willi Kreibig war immer noch eine stattliche Erscheinung: ein fast zwei Meter Mann mit einem Stiernacken, der ihm etwas Brutales verlieh. Obwohl er mittlerweile fast fünfundsiebzig Jahre alt war, sah man ihm an, dass er es gewohnt war Befehle zu erteilen, keinen Widerspruch duldete und ganz sicher nie aufgab, wenn er ein Ziel verfolgte. Bis 1989 galt er als einer der gefürchtetsten Männer in Köpenick. Als Leiter der Kreisdienststelle des Ministeriums für Staatssicherheit (MfS) wirkte er im Verborgenen und jeder, der mal mit ihm zu tun hatte, vergaß es nie. Zerstörte Familien, Zwangsadoptionen, Erpressung, Manipulationen und selbst vor zielgerichteten Tötungen schreckte er nicht zurück. Das Beste - man ging ihm aus dem Weg, bis heute. Keiner wusste, was er nach 1989 gemacht hatte. Nachdem sich seine Frau 1993 unter mysteriösen Umständen das Leben genommen hatte, gab es niemanden mehr in seiner Nähe. Seine kleine Wohnung im Katzengraben kann man eher als bescheiden bezeichnen und auch der Bungalow in Gosen „Am Zwiebusch“ war eher unscheinbar. Hier lebte er im Sommer, aber jetzt war Frühling und Kreibig noch in der Stadt. Eine seiner Gewohnheiten bestand darin, jeden Abend, fast zur gleichen Stunde bei jedem Wetter eine Runde durch die Altstadt zu laufen. Er nannte es seine Revierrunde, die ihn auch an der Promenade am Luisenhain entlangführte. Es erkannten ihn immer weniger Köpenicker, aber auch Fremde gingen eher zur Seite wenn er kam, da er jeden auffällig musterte und angrinste.

Er war heute den ganzen Tag draußen in seinem Bungalow gewesen, um alles für die Sommerzeit vorzubereiten und herzurichten. Es entging ihm natürlich nicht, dass der alte Bunker K 81 wieder in Stand gesetzt wurde und ab diesem Sommer für Führungen öffnen sollte. Aber Kreibig wäre ja nicht Oberst Kreibig, wenn er nicht für diesen Fall vorgesorgt hätte. Sein Mann beim Bunker war „Bunker Charly“, ein ehemaliger Wachsoldat, der im Sommer draußen im Wald hauste und im Winter Kreibigs Bunker bewachte und sich im Schuppen eingerichtet hatte. Lange unterhielten sich beide bei einer Flasche Wodka.

„Das muss bis zum Herbst reichen, Charly.“ Kreibig war zufrieden mit dem Gespräch und steckte Charly fünfhundert Euro und noch eine Flasche Wodka zu.

„Allet klar, Genosse Oberst, die haben keene Ahnung und Schacht zwee is wida totale dicht.“ Sprachs und mit einem Schluck war das letzte Glas Wodka geleert.

„Pass trotzdem weiter auf!“ Kreibig nahm die Schlüssel und verschwand wieder in Richtung Köpenick.

Darüber dachte jetzt Kreibig nach, als ihm auf der Höhe des griechischen Restaurants ein älterer Mann entgegen kam. Er ging direkt auf ihn zu: „Herr Kreibig, Genosse Oberst Kreibig?“

„Ja…?“ Kreibig erschrak. Er glaubte für einen kurzen Moment, den Mann zu erkennen oder zu erahnen wer ihn da ansprach. Er wollte noch etwas sagen, aber dann sah er es blitzen im Licht der Uferbeleuchtung. Es war das Letzte was er in seinem Leben zu sehen bekam.

„Sie … Du…?“ Es wurde für immer dunkel um den ehemals mächtigen Oberst Kreibig.

**

Als Tarek und sein Chef Karl Sander am Tatort ankamen, waren bereits alle vor Ort. Der Tote war abgedeckt, die Uferpromenade gesperrt. Man hatte ihn noch nicht bewegt. Das Zelt der Spurensicherung stand auf der Wiese neben dem Toten. Er lag am Rand der Promenade, neben dem griechischen Restaurant unter einem Strauch. Das war auch der Grund, warum er erst am frühen Morgen von einem „Gassigänger“ mit Hund entdeckt wurde. Sander war sauer: „Was machen die alle hier?“ Tarek musste grinsen: „Ermitteln…?“ Sander sah ihn wütend an: „Verarsch mich nicht. So, jetzt nehmen wir das hier in die Hand!“ … „Wer sind Sie?“ Neben ihm stand eine kleine, sehr resolut wirkende junge Person und streckte ihm die Hand entgegen. „Hauptkommissarin Britta Fuchs.“ Sander gab ihr die Hand und sagte nur: „O.K., dann sind wir ja vollzählig.“ Er winkte sein Team heran. „So hört her: das ist HK Britta Fuchs aus Nürnberg, ab sofort meine Stellvertreterin, Britta, ach so, wir sind hier alle per Du, ist das ein Problem?“ Britta schüttelte nur den Kopf und damit war alles klar. „Hier, das sind die Oberkommissare Tarek, Susi und Paul. Für Teambildung ist jetzt keine Zeit. An die Arbeit. Susi und Paul: Ihr besorgt Euch die Schlüssel und ab zur Wohnung. Los, es ist nicht viel Zeit. Ich möchte, dass Ihr Euch vor der

Spurensicherung alles anseht. Tarek, dort drüben stehen die Beiden vom 66. Keiner kümmert sich um die. Alles Ignoranten. Ich will alles wissen. Auffindsituation, Besonderheiten usw. Du weißt Bescheid. Britta, du kommst mit mir. Achtung, jetzt könnte es unappetitlich werden und unangenehm.“

„Hallo Karl, was machst du denn hier?“ Hinter den beiden stand eine resolute ältere Frau und grinst beide an. „Wer ist das denn?“ Karl Sander ignorierte die Frage, tat so, als wenn es ihn nichts anginge. „Britta, das ist unsere Staatsanwältin, Frau Dr. Tina Steffens mit einem ganz eigenen Humor…“ „Tina, ich freue mich auch dich zu sehen. Guten Morgen, darf ich dir Britta Fuchs vorstellen, Hauptkommissarin aus Nürnberg und ab jetzt meine Stellvertreterin.“ Die Staatsanwältin musterte Britta Fuchs eingehend und bemerkte dann nur: „Frau Fuchs, haben Sie sich das genau überlegt? Willkommen in Berlin.“ Beide gaben sich die Hand und damit war die Neue eingemeindet. „Karl, du hältst mich auf dem Laufenden. Ruf mich Morgen nach der Dienstberatung an.“

Tarek war immer noch mit den beiden Beamten vom 66. im Gespräch. Völlig unerwartet fragte Karl Sander, als sie die paar Schritte zum Toten gingen: „Britta, wo kommst du unter - Wohnung oder so?“ Britta zuckte nur mit den Schultern: “Nein, bin ja eben erst angekommen.“

„Das sieht aber gar nicht gut aus. Hallo Marie.“ Nachdem Karl Sander seine neue Partnerin der Gerichtsmedizinerin vorgestellt hatte, nahmen sie den Toten in Augenschein.

„Also“, begann Frau Dr. Marie Dreger, die Gerichtsmedizinerin, zu berichten, „Stand jetzt: zwölf Messerstiche, einer direkt ins Herz und einer, der die Aorta durchtrennt hat, waren tödlich, die anderen Kosmetik. Da hat sich jemand richtig ausgetobt, auch nachdem er bereits tot war. Prä- und postmortale Verletzungen, was und wann - nach der Obduktion. Todeszeitpunkt zwischen 22:00 und 23:00 Uhr gestern Abend. Keine Abwehr, er hatte keine Chance. Was komisch ist, Karl, das Messer oder die Stichwaffe kann ich nicht zuordnen. Kein handelsübliches Messer, scharfe, lange Klinge, eher was militärisches. Aber..“ Sander stand auf: „Ja ich weiß, alles andere nach der Obduktion. Na dann weg mit ihm, bevor unsere junge Kollegin umfällt.“ Britta Fuchs war immer blasser geworden und hielt sich nur noch mit Mühe auf den Beinen. Es war auch kein schöner Anblick, den der eben dazugekommene Tarek nur mit der Bemerkung: “Ach du heilige Scheiße“ kommentierte.

„Tarek, du kümmerst dich jetzt um Britta und bringst sie in die kleine Pension in die Wichmannstraße, direkt beim LKA um die Ecke. Zum Schlafen kommt jetzt sowieso in nächster Zeit keiner. Ich habe bei der ganzen Sache ein sehr ungutes Gefühl. Es ist noch nicht zu Ende. Wir sehen uns morgen 08:00 Uhr im großen Beratungsraum. Ich will auch einen Kollegen vom Abschnittskommissariat des 66. dabei haben. Die Ergebnisse vom Wohnungsbesuch beim Toten sollen Paul und Susi direkt mir berichten, per Telefon, egal wann. Alle sind erreichbar, per Handy ab sofort und immer.“

Als alle ihrer Wege gingen, sah Karl Sander, wie Oberst Kreibig seinen letzten Weg in die Gerichtsmedizin antrat. Dann überlegte er kurz, dass es wieder mal Zeit schien, mit dem Team "um die Häuser" zu ziehen oder bei Peter was zu trinken. War schon sehr lange her. Die Neue hatte einen guten Eindruck auf ihn gemacht, noch etwas zurückhaltend vielleicht. Aber das würde alles werden. Er wollte jetzt erst nach Hause, etwas ausruhen und seine Gedanken sortieren, zu viel ging ihm durch den Kopf. Viele Fragen. Wer hatte das „Schwein" im wahrsten Sinne des Wortes abgestochen? Warum grade jetzt? Sander wusste, dass viele Kreibig hassten, eigentlich alle, die ihn kannten, aber wer machte daraus Ernst? Antworten sollten her, schnell und jetzt. Was ihn am meisten beunruhigte war, dass er zur Tatzeit nicht einmal einhundert Meter entfernt bei Peter im Anker gesessen hatte. Da würde er noch heute Abend anfangen sich umzusehen.

Was der 1. Hauptkommissar zu dem Zeitpunkt noch nicht wusste - der Schlüssel zur Lösung des Falls lag bei ihm vor der Haustür im Allende-Viertel, im Müggelschlösschenweg. Ein Ereignis vor zweiunddreißig Jahren.

**

… vor 32 Jahren, ein Frühsommerabend im Jahr 1987: Der Leutnant der K (heute Kriminalkommissar) Karl Sander kam an diesem Abend ausnahmsweise mal pünktlich vom Dienst aus der Karlstraße nach Hause.

Es war ein sehr guter Tag gewesen. Er konnte seinen ersten Fall erfolgreich lösen. Im Ergebnis einer Kneipenschlägerei in Baumschulenweg war ein Mann vor dem „Grünen Baum“ liegen geblieben. Mit einer Flasche erschlagen. An Hand von Zeugenaussagen, Fingerabdrücken und dem entscheidenden Hinweis vom Wirt der Kneipe, der Angst um seine Lizenz hatte, konnten Sander und seine Kollegen einen dreißigjährigen Hilfsarbeiter festnehmen. Die gerade erst eingeführten Gentests mussten nicht zum Einsatz kommen. Den Täter würde eine Anklage wegen Totschlags erwarten und Karl Sander stand für einen Tag im Mittelpunkt. Er war stolz und zufrieden. Als er gerade sein Fahrrad abstellen wollte, fuhren am Nachbarhaus drei Autos vor und parkten teilweise abenteuerlich auf der Wiese vor dem Haus. Die Autos und die Typen, die da ausstiegen, kannte Sander ganz genau. Sie gehörten zur Spezialkommission oder wie sie auch bei der Kripo abwertend genannt wurden: Mielkes schnelle Eingreiftruppe. Karl Sander wusste, immer wenn die auftauchten, gab es für die Kripo nichts mehr zu tun. Sie kamen bei sicherheitspolitisch bedeutsamen Fällen zum Einsatz, wobei die Stasi entschied, was bedeutsam war.

Sander wollte auf keinen Fall von den arroganten Typen gesehen werden und versteckte sich grade noch rechtzeitig hinter dem kleinen Spielplatz neben den Häusern. Er hatte Recht, sie ließen keinen mehr ins Haus Nr. 36 oder auch nur in die Nähe.

Nach einer kurzen Zeit, die Sander wie eine Ewigkeit erschien, kamen erst zwei von den Typen raus, dann der Rest. Jetzt blieb Sander das Herz fast stehen, die

Leute, die dort in Handschellen aus dem Haus geführt wurden, kannte er. Es war Familie Viertel, erst Bernd Viertel, dann die junge im dritten Monat schwangere Liesel. Genaueres wusste er auch nicht, aber die Viertels arbeiteten wohl im Funkwerk in der Wendenschloßstraße, im Sicherheitsbereich.

Ebenso schnell, wie alle gekommen waren, waren sie wieder weg, nur die zerfahrene Wiese vor dem Haus zeugte von dem überfallartigen Besuch. Karl Sander konnte sein Versteck verlassen und verschwand in seiner Wohnung. Jetzt wäre es ein Leichtes gewesen, seinen Vater anzurufen, der als Offizier des MfS sicher etwas herausbekommen konnte. Aber obwohl seine Eltern quasi fast um die Ecke wohnten, gab es außer heimlichen Treffen mit der Mutter schon seit Jahren keinen Kontakt: „eine andere Geschichte", erklärte er immer auf Nachfragen von Nachbarn oder Kollegen.

Schon am nächsten Tag wurde die Wohnung leer geräumt, renoviert und nach einer Woche zogen neue Leute ein. Nach ein paar Tagen befragte man auch Karl Sander in der Dienststelle, ob er die Familie kennen würde, und als er nicht ganz wahrheitsgemäß antwortete: außer ab und zu sehen und „Guten Tag" und „Guten Weg" – ließ man ihn in Ruhe.

Allerdings vergaß Karl Sander dieses Erlebnis nie und er vergaß auch den Mann nicht, der ihn befragte, den Leiter der MfS Kreisdienststelle Köpenick, Oberstleutnant Willi Kreibig, der noch kurz vor der Wende zum Oberst befördert wurde. Außerdem war sich Sander sicher, dass es eben Kreibig war, der damals diesen Einsatz der Spezialkommission geleitet hatte. Diese markante und auch Furcht einflößende Person vergaß man nicht.

**

Sander wusste es. Die erste Dienstberatung, bevor die Ermittlungen so richtig Fahrt aufnahmen, war die wichtigste. Deshalb wollte er als Erster im Kommissariat in der Keithstraße sein. Außerdem würde er heute noch in die Gerichtsmedizin der Charité zu Professor Weinert fahren. Wie er den Professor kannte, war die Obduktion schon abgeschlossen und die Ergebnisse lagen vor. Aber auch, wenn er die Ergebnisse sicher bereits auf seinem Computer hatte, bei Mordfällen traf er sich immer direkt mit dem Professor. Es gab da immer noch Beobachtungen und Analysen, die nicht im Bericht standen und die wichtig waren. Da sich beide, der Gerichtsmediziner und der Kommissar, schon seit Jahren gut kannten, gab es keine Befindlichkeiten oder Geheimnisse zwischen ihnen. Mit der Assistentin und Vorort Gerichtsmedizinerin Dr. Marie Dreger, fast gleichaltrig mit Sander, gab es etwas mehr als nur Freundschaft, aber das, so würde Sander sagen, ist wieder eine andere Geschichte.

Pünktlich sechs Uhr stand der kleine wuselige Oberkommissar Paul Landgraf bei Sander vor der Tür. Er wohnte fast in der Nachbarschaft, auch wie Sander in Köpenick, in der Siedlung Kämmerheide. Sie hatten vereinbart, dass Landgraf seinen Chef abholen würde. Heute musste es etwas schneller gehen. Er würde sich auch als erstes in der Keithstraße einen Dienstwagen nehmen und für die Zeit der Ermittlungen behalten. Paul Landgraf war der bodenständigste in Sanders Team, Familie, zwei Kinder und Haus. Da gab es dann noch Susi Weiß, die jüngste. Aber mit ihren 29 Jahren war sie schon erfahrener als alle anderen zusammen. Man würde der kleinen zierlichen blonden Frau nie zutrauen, dass sie schon zwei Jahre Kosovo als Ausbilderin hinter sich gehabt hatte. Über das dort Erlebte sprach sie nur selten. Der dritte im Bunde der Tatortermittler war Oberkommissar Tarek Uri - ein Urberliner, dessen Eltern Ende der sechziger Jahre als Christen in Marokko Repressalien ausgesetzt waren und deshalb das Land verlassen mussten. Tarek erfüllte das Klischee „Araber". Fast zwei Meter groß, dunkelhaarig, braune Augen, Bart. Nur das kleine goldene Kreuz, das er immer um den Hals trug, irritierte seine vermeintlichen „Landsleute" etwas. Tarek war Katholik, mit Leib und Seele. Mit der zweiten Hauptkommissarin war das Team genau zum richtigen Zeitpunkt wieder komplett. Kriminalrat Winter wollte vor einiger Zeit Sanders Meinung wissen, ob Frau Fuchs etwas fürs LKA Berlin wäre. Sander entschied sich sofort, die freie Stelle in seinem Team mit ihr zu besetzen. Sie wollte auf eigenen Wunsch möglichst weit weg aus Nürnberg, nachdem in ihrer Dienststelle einiges schief gelaufen war. In Nürnberg war sie bei der SOKO, hatte sich mit deren Chef auf eine Affäre eingelassen, die ging schief und so landete sie seit gestern hier. Schließlich gab es da noch zwei richtig wichtige und urige Typen im Team. Sander musste lächeln, wenn er an die beiden dachte. Neben ihm fluchte sich Paul Landgraf durch den Berufsverkehr.

Jetzt würden sie gleich von Renate Klein, Sanders Sekretärin, begrüßt werden. Renate - freundliche Kollegen bezeichnen sie als vollschlank und impulsiv. Andere, wenig respektierlich, als fette Cholerikerin. In Wirklichkeit war sie eine liebe, leicht verletzliche, sehr fleißige Person, die für ihren Chef und das Team durchs Feuer ging. Sie wachte mit Argusaugen, dass niemand ihrem Chef zu nahe kam. Sie war eine Löwin, die die Herde zusammenhielt. Mit nur einer Schwäche- Schokolade. Für eine Tafel, oder gar eine Schachtel Pralinen bekam man von ihr fast alles. Sander schätzte sie über alles und hielt alle Angriffe von ihr fern. Alles was bei Sander auf den Tisch kam war aufbereitet, sortiert und auch mit Renates persönlicher Meinung versehen. Sie war eher eine Assistentin, als eine Sekretärin.

„Paul, ich unterbreche nur ungern deine Kommunikation mit dem Berufsverkehr. Denkst du aber bitte dran, dass ich zur Dienstberatung unbedingt auch Max dabei haben will.“ Paul Landgraf nickte nur kurz, grinste und fragte: „Mit Pizza …oder ohne?“

Max, eigentlich Maximilian Hof, freier Mitarbeiter im LKA, wobei er das „frei“ sehr wörtlich nahm. Er war Computer- und Nachrichtenspezialist. Das Wort „Problem“ gab es bei ihm nicht. Nur eine Leidenschaft, außer Computer – Pizza mit Thunfisch, früh, mittags, abends und nachts.

Im LKA wurde viel gelästert, Sander, der Übervater und Renate Klein, die Glucke. Wenn Sander das hörte, konnte er sehr wütend werden.

Sander und Paul Landgraf waren überzeugt, zu der extrem frühe Stunde die Ersten zu sein. Weit gefehlt, da waren schon Britta und Tarek. Offensichtlich bemühten sich beide, den Computer auf Brittas Schreibtisch zum Laufen zu bringen. Tarek tauchte unter dem Tisch auf und bemerkte nur: „Jetzt sollte es klappen. Das Lan-Kabel sitzt.“ Sander war erstaunt: „Habt Ihr hier übernachtet?“ Britta sprang auf, um die Beiden zu begrüßen: „Nein, wir haben uns nur vor einer Stunde hier getroffen, um schnell alles vor der Dienstberatung einzurichten.“ Jetzt kam auch Tarek vor: „Renate ist auch schon da und hat einiges auf dem Schreibtisch. Die Spusi und Gerichtsmedizin haben wohl die Nacht durchgemacht.“ Wie auf Kommando kam Renate mit einem riesigen Tablett voll dampfender Kaffeetassen. „Morchen, hier Doping. Mit der neuen Kollegin, Tschuldigung - kleinen Chefin, hast Du ja mal richtig Geschmack bewiesen, Karl.“ Dabei zwinkerte sie Britta zu. Karl war zufrieden, das war also auch kein Problem mehr.

„So, genug Teambildung, bereitet Euch auf die Dienstberatung vor, alles was wir bis jetzt haben auf den Tisch. Ich war gestern Abend noch bei Peter im Anker und habe mich umgehört, nichts, leider.“ Alle mussten grinsen. Nur Susi Weiß sah Sander ernst an: „Dann warst Du ja nur einhundert Meter vom Tatort entfernt. Auch noch zur Tatzeit?“ Sander nickte ihr zu. „Susi, Du fährst gleich nach der Beratung raus nach Köpenick und siehst Dich um. Wer verhält sich auffällig am Tatort oder hat Fragen gestellt, bleibt lange dort stehen usw. Nachher zur Beratung kommt noch ein

Kollege vom 66. aus Köpenick, fahrt zusammen raus, vielleicht bringst du noch was in Erfahrung. Das war jetzt außerhalb des Protokolls. Also los, an die Arbeit und um 08:00 Uhr-pünktlich. Britta in zehn Minuten bei mir, zur Abstimmung." Mit diesen Worten verschwand Sander in seinem Büro, das eher ein mit einer Glaswand abgetrennter Teil des Großraumbüros war. Aber nur hier kam er zur Ruhe. Nicht heute, da waren sie wieder - die Bilder aus dem Jahr 1987. Das schlimmste aber, der jetzt tote Kreibig, sah ihn direkt an und grinste so, als ob er ihn verhöhnen wollte.

**

Sander und Britta Fuchs machten sich sofort nach der Dienstberatung auf direktem Weg in die Charité. Professor Weinert und Marie Dreger erwarteten sie schon: „Herr Sander, es ist schon eine Weile her und die Umstände unseres Wiedersehens sind sehr unschön. Zu den Erkenntnissen: Gut dass meine Kollegin Dr. Dreger so schnell am Tatort war. So gelang es uns die Abfolge der Stiche genau zu bestimmen. Hier, Stich Nr.1 die Halsschlagader, Sie sehen, Herr Sander ich bleibe bei den deutschen Bezeichnungen, alles andere im Bericht. Nr. 2 direkt ins Herz. Also er hat sofort das Bewusstsein verloren, dann starker Blutverlust und im wahrsten Sinne des Wortes der Todesstoß direkt ins Herz. Er war sofort tot. Die anderen zehn Stiche overkill, also post mortem. Da war jemand richtig sauer. Gut, aber das hätten Sie auch alles im Bericht lesen können. Jetzt zu den Dingen, die nicht im Bericht stehen, weil Ahnung, Vermutungen usw.‘ Der Professor holte etwas Luft und wandte sich Britta zu: „Wissen Sie, … Frau ?“ „Fuchs…“ half ihm Sander. „Wir haben da so ein Abkommen. Ich darf Vermutungen usw. anstellen, ohne dass sie offiziell werden dürfen, denn wir sind keine Kriminalisten. Sollte ich oder meine Kollegin Dr. Dreger falsch liegen, haben wir nichts gesagt. So richtig Herr Sander?“ Sander nickte nur. „Liegen wir richtig, kann es sich der Herr Hauptkommissar auf die Fahnen heften und er muss uns einen ausgeben.“ „Lagen wir schon mal falsch, Karl?“ meldete sich Frau Doktor Dreger zu Wort. „Nein !“ erwiderte Sander frostig. Britta bemerkte, wie ihr der Professor leicht zuzwinkerte. Sie verstand, da war was gewesen zwischen den beiden. „Jetzt sind Sie dran, Frau Kollegin!“ Professor Weinert übergab an seine Kollegin und trat einen Schritt vom Seziertisch zurück.

„Sehen Sie hier…“ begann Marie Dreger, dabei hob sie den Kopf des Toten etwas an, „… der Mund leicht geöffnet, als ob er etwas sagen wollte, oder gesagt hatte, bevor er ins Reich der Finsternis entwich.“ Britta schaute genau hin und meinte: “Könnte es nicht ein Schrei gewesen sein, gewissermaßen der Todesschrei, Angst oder so was?“

„Eher unwahrscheinlich. Es ging alles sehr schnell. Der konnte nicht mehr schreien. Ich war mir auch unsicher. Aus diesem Grund habe ich heute Morgen unseren Forensiker gebeten drauf zu schauen. Seiner Meinung nach, waren es nur ein oder zwei Worte. Was, wenn er die Person, die ihn attackiert hat, erkannte und so etwas wie: Du? oder Was Du? noch sagen konnte, also die Person kannte.“ Britta überlegte einen Moment: „Kühn, aber vielleicht sehr hilfreich. Karl was meinst Du? Person aus dem persönlichen Umfeld? Karl ? Hallo Raumschiff, hier Erde!“ Sander war abwesend und sehr blass geworden: „Entschuldigung, war wohl doch etwas wenig Schlaf letzte Nacht. Habt Ihr noch etwas?“ „Ja, die Stichwaffe. Im Bericht wird stehen - Fabrikat unbekannt. Aber ich bin mir nicht sicher, deshalb keine Vermutungen im Bericht. Bei meinem Einsatz in Afghanistan hatte ich solche Stichverletzungen zu behandeln. Ich würde auf ein RUI Tactical Knife tippen, Klinge 13,8cm, Stärke der Klinge 4mm. Denselben Typ gibt es auch als Springmesser, geht problemlos durch Stoff und Glas, absolut tödlich. Das Messer der Spezialkräfte der US Navy.“ Sander wurde noch blasser: „Die gibt es doch nicht in Deutschland, außer im Internet, verstehe. Wir sind dran.“ Der Professor konnte es sich nicht verkneifen: „Wir freuen uns schon auf ein leckeres Essen und einen guten Rotwein, Herr Hauptkommissar.“ Da war Sander aber schon draußen und am Fahrstuhl und Britta konnte nur mit Mühe folgen.

**

Seit dem Mord an Willi Kreibig waren noch nicht mal zwei Tage vergangen. Karl Sander wollte mit seinem Team die ersten Ergebnisse auswerten und die weiteren Schritte beraten. Das große Whiteboard war aufgebaut, allerdings noch sehr leer. Nur in der Mitte prangte ein Foto von Willi Kreibig. Selbst auf dem Foto wirkte der ehemalige Oberst bedrohlich und gefährlich, obwohl er jetzt schon fast achtundvierzig Stunden in der Gerichtsmedizin lag, über zugerichtet und sehr tot.

„Paul, habt Ihr oder die Spusi was in der Wohnung im Katzengraben gefunden?“ begann Sander die Beratung. „Nein, nichts was uns weiter bringen würde, außer dass es jetzt damit in Köpenick auch ein DDR – Museum gibt. Einfach gruselig, alles vollgestopft mit Devotionalien aus DDR-Zeiten. Interessant sind vielleicht ein paar Fotos, auf denen Kreibig mit etlichen anderen Typen zu unterschiedlichen Anlässen abgelichtet ist.“ Während Paul sprach, heftete Susi zwei Fotos neben dem Kreibig-Porträt an das Board. Jetzt meldete sie sich zu Wort: „Ich war ja gestern noch mal am Tatort, habe mich umgesehen und mit ein paar Leuten gesprochen. Einer Bedienung des griechischen Restaurants, einem gewissen Konstantin, ist etwas Interessantes aufgefallen: Ein sehr gepflegter älterer Herr, schlank, Mitte sechzig großer breitkrempiger Hut; er beobachtete fast eine Stunde den Tatort. Als er sich unbeobachtet fühlte, ging er hinter die Absperrung und suchte offensichtlich etwas. Anschließend war er noch im Restaurant und hat sich sehr für die Ereignisse tags zuvor interessiert. Dabei hat ihn der Kellner unbemerkt mit dem Handy fotografiert, leider nur von der Seite.“ Susi heftet auch dieses Foto an das Whiteboard. „Ich habe diesen Kellner für das Protokoll heute nach Dienstschluss einbestellt.“

In der Zwischenzeit war auch Max eingetroffen, ohne Pizza, aber mit Laptop und Kaffeepott. Alle mussten grinsen, außer dem Chef. Angesäuert bemerkte Sander nur: „So, jetzt begrüßen wir auch den besten Computerspezialisten Berlins. Hast du wenigstens was für uns, Max?“ Max ging gar nicht auf die Stichelei ein. „Ja, und ob. Ich habe den Genossen Oberst durchleuchtet, alles, Handy, Computer, einfach alles. Für Euch ausgedruckt, bitteschön.“ Max ließ ein Bündel dicht bedruckte Blätter rumgehen. „Der nach der Wende ach so ruhige Willi Kreibig war gar nicht so ruhig. Seine Wohnung im Katzengraben bewohnte er nur von November bis März. Ansonsten lebte er in seinem Wochenendhaus in Gosen am Seddinsee und dort war er sehr aktiv. Interessant ist, dass die Datsche auch im Winter belebt war, wenn Kreibig dort nicht persönlich anwesend war. Da wir alle wissen, dass es zum Bedienen von Computern, Smartphones usw. immer noch eines oder mehrerer Menschen bedarf, muss dort jemand gewesen sein. Also war und ist die Datsche immer noch so etwas wie eine Operationszentrale oder mehr. Stellt sich auch die Frage, wer trieb sich dort rum. Für euch dürfte auch von Interesse sein, dass die Gegend dort altes Stasigelände war, auf, oder besser unter dem sich ein Bunker befindet. Also für Kreibig ein Heimspiel. Noch etwas habe ich herausgefunden. Kreibig und der oder die Anonymusse von Gosen haben sehr oft mit zwei Nummern in Neukölln telefoniert, im Rollbergviertel. Außer den nicht zu verfolgenden Prepaid-Handys, verwette ich meine nächste Pizza, dass die Telefonnummern zum Al Madi Clan gehören.

Also Drogenhandel, Prostitution, Geldwäsche, Autoklau und Waffenhandel. Eine ganz feine Gesellschaft. Kreibig und Al Madi Clan, da tippe ich doch mal auf Waffenhandel, oder?"

Es war sehr still geworden bei dem Vortrag von Max. Britta Fuchs fasste noch den Besuch in der Gerichtsmedizin zusammen und dann stellte Sander die Aufgaben fürs Team: „Wir müssen jetzt ganz vorsichtig vorgehen. Ich informiere Erkner und die Außenstelle des LKA Brandenburg in Frankfurt/Oder. Die sollen uns einen Verbindungsmann schicken, nach Gosen, zur Datschensiedlung am Zwiebusch, wir senden nur eine Streife aus Erkner vorbei, mal sehen, wer sich dort rumtreibt. Tarek, du siehst dich mal etwas näher in Neukölln um. Paul und Susi, ab nach Köpenick, kennt jemand den unbekannten Mann, Hotels, usw. Britta, du forderst bitte bei der Stasiunterlagenbehörde alles an, was die zu Kreibig und seinem Umfeld haben. Max, du buddelst weiter, Richtung Waffenhandel usw. Renate hält die Stellung und fasst alles Bisherige zusammen. Ich bin jederzeit über Handy erreichbar, informiere erst mal unsere liebe Frau Staatsanwältin und bin dann in Köpenick. Ich habe da so eine Idee... Ansonsten: bis morgen früh, gleiche Stelle, gleiche Welle und jetzt an die Arbeit. Wir brauchen Ergebnisse!"

**

Jetzt im Frühling ist es sehr ruhig, hier am Ostufer des Seddinssees. Auf dem Parkplatz vor der Wochenendsiedlung stehen kaum Autos. An den Badestellen tummeln sich nur ein paar Enten und ein Fischreiher hält Ausschau nach Beute. Sehr ruhig, sehr idyllisch. Irgendwie passt der Streifenwagen der Polizei aus Erkner, der langsam vom Fischersteig kommend in Richtung Am Zwiebusch fährt, nicht ins Bild. „Was machen wir hier eigentlich?" fragt Freddi, der Fahrer, seinen Kollegen. „Wir suchen uns eine Stelle, an der wir dann im Sommer mit der Familie zum Baden fahren können. Nein- Spaß beiseite. Wir sollen nach Aktivitäten in und um die Parzelle 37 Ausschau halten. Das ist das Wochenendhaus von diesem Kreibig." … „Ach so, der Mord in Köpenick, irgendeine blöde Stasigeschichte. Hört das denn nie auf?"

Als der Streifenwagen gerade den Parkplatz vor dem sogenannten Kongresszentrum passiert, kommt ihnen ein weißer Sprinter mit für diese Wege schon sehr hoher Geschwindigkeit entgegen. „Was war das jetzt? Schnappen wir uns den Idioten?" Der Kollege schüttelt nur den Kopf: „Nein, wir haben was anderes vor. Ich habe sein Kennzeichen für alle Fälle. Da, siehst du, das muss Nr. 37 sein. Hier ist ja wirklich kein Mensch. Komm, lass uns zu Fuß weiter gehen. Ich melde uns mal in der Zentrale an, dass wir jetzt vor Ort sind und gebe das Kennzeichen des `Rennfahrers` durch. Es interessiert mich, wer sich hier in der Pampa so rumtreibt und es so eilig hat."

Der Weg Am Zwiebusch ist idyllisch gelegen. Auf der einen Seite der See, an der anderen ein leicht ansteigender Hügel, an dem die Datschen liegen. „Sieh mal hier: frische Reifenspuren, das muss der weiße Sprinter gewesen sein. Halt mal, die hören hier auf, der oder die wollten hier irgendwo hin… und da ist auch Nr. 37, da oben, findet man ja kaum. Hier stimmt was nicht.“ Vorsichtig gehen beide weiter: „Du, lass uns von der Seite rankommen. Wenn der Sprinter nicht nur ein harmloser Transport war, dann sind der oder die gewarnt und wissen längst Bescheid, dass gleich Besuch kommt.“ Wenige Minuten später haben sich die beiden Polizisten der Datsche von Kreibig von der Seite genähert. Als sie versuchen, durch eines der Seitenfenster etwas zu sehen, bemerken sie ein Geräusch. „Da ist Jemand!“ Mit gezogener Waffe versuchen beide unbemerkt nach vorne zu kommen. „Los, jetzt!“ „Polizei – aufmachen!“ Im selben Moment fliegt die Tür auf, ein Mann taucht auf, Freddi, der ältere und Fahrer der beiden, sieht nur noch in den Lauf einer Maschinenpistole, bevor er im Kugelhagel zusammenbricht. Sein Kollege erwidert sofort das Feuer, kann aber mit seiner Pistole nicht viel ausrichten. Das Ganze dauert nur Sekunden, dann Totenstille. Sofort versucht der eine der Polizisten, seinem Kollegen, der schwer getroffen auf dem Weg liegt, zu helfen. „Freddi, Mensch mach keinen Scheiß, bleib bei mir.“ Aber für Freddi kommt jede Hilfe zu spät. Er stirbt in den Armen seines Kollegen. Aus den Augenwinkeln sieht er grade noch, wie ein Mann mit einer Waffe in Richtung Wald flüchtet.

Dreißig Minuten später gleicht die Umgebung von Parzelle 37 einem Feldlager. Nur wenig später klingelt auch das Smartphone von Hauptkommissar Sander:

„Ja…?“ „Hallo Karl Sander, Andreas Bothe aus Erkner hier. Wo bist du? Kannst du mal sofort nach Gosen zur Kreibig-Datsche kommen. Es hat eine Schießerei gegeben. Einer meiner Leute ist tot. Das LKA Brandenburg schickt auch einen Kollegen.“ Sander reagierte sofort: „Bin unterwegs, informiere meine Leute, zwei sind in der Nähe. Wir sehen uns in Gosen.“ Nachdem Sander Paul und Susi informiert hat, ruft er noch seinen Chef an: „Frank, ich muss dich heute Abend treffen, etwas sehr wichtiges, die Vergangenheit, ich glaube, sie holt mich grade ein. Ja, um acht im Anker bei Peter und bitte allein.“

**

Tarek schlendert durchs Rollbergviertel in Neukölln. Er fällt niemandem auf. Das kleine Kreuz hatte er unter seinem Hemd verschwinden lassen. Finster dreinblickend ging er hier als Araber durch und man wartete nur, dass er in jedem Moment den Gebetsteppich ausrollen würde. Für den bösen Blick musste er sich nicht sehr anstrengen. Eben war er von Britta Fuchs, seiner neuen Chefin, über die Ereignisse in Gosen informiert worden. Keine Stunde später war Max dem weißen Sprinter auf die Spur gekommen. Bloß gut, dass die Polizisten sich das Kennzeichen notiert hatten. Eigentlich wollte Tarek hier in Klein Bagdad jemand anderem einen Besuch abstatten. Es war jemand, der Tarek noch einen Gefallen schuldete und den er jetzt brauchte.

Aber erst mal der Sprinter und die sogenannte Firma, zu der das Fahrzeug offensichtlich gehörte, besuchen.

Immer wenn Tarek ins Rollbergviertel musste, kochte in ihm die Wut hoch. Wer hatte zugelassen, dass sich hier ein rechtsfreier Raum befand, die Clans machten, was sie wollten? Kaum ein Polizist traute sich hier rein. Einige wenige kannten ihn, und nachdem schon einige gegen seine gut trainierten Fäuste gelaufen waren, wurde er akzeptiert. Gefährlich blieb es trotzdem, das wusste er nur zu gut. Aber er hatte die richtige Spur, das wusste er auch und als Belohnung würde er heute Abend Britta Berlin zeigen und mit ihr essen gehen. Es war so ein Knistern, wenn er in ihrer Nähe war, obwohl er genau wusste, dass sich hinter der etwas schüchternen Fassade der kleinen netten Hauptkommissarin eine knallharte, kluge Polizistin verbarg. Jetzt musste er lächeln und stand vor seinem ersten Ziel. Nach den Informationen von Max war der Sprinter auf eine Firma Kienitzer-Ecke Morusstraße zugelassen. Tarek las in Deutsch und darunter Arabisch „Transport- und Handels GmbH“. „Ja und ich bin der Osterhase“, dachte Tarek so bei sich. Irgendeine Scheinfirma des Al Madi Clans. Das Tor war offen, kein Mensch zu sehen. Man war ja auch hier zu Hause. Niemand, außer man durfte das oder wurde erwartet, würde es wagen, den Hof zu betreten.

Tarek ging im gegenüberliegenden Haus in einen Falafel Imbiss, bestellte sich einen Kaffee und wartete, was sich gegenüber tat. Er musste gar nicht lange warten. Aus dem hinteren Teil des Hofes kam der weiße Sprinter vorgefahren. In der Zwischenzeit war ein Typ aus dem Seitenflügel des Hauses gekommen, eingestiegen und sie fuhren die Kienitzer Straße runter in Richtung Britz. Tarek verließ den Laden und rief draußen auf der Straße seinen Chef an: “Karl, sie sind unterwegs. Ich glaube, Ihr müsst nur warten, die haben wohl noch was in Gosen vergessen. Schnappt sie Euch. Die Bude hier gehört zum Clan. Ich sehe mich um. Wenn meine arabischen Freunde irgendetwas nicht mögen, ist es Stress, und außerhalb ihres Reiches haben sie Schiss. Aber Vorsicht! Mindestens einer ist bewaffnet.“ Tarek ging über die Straße, das Tor war jetzt zu, also vielleicht eine Gelegenheit, sich etwas umzusehen. Von der Morusstraße aus ging es über zwei Höfe, eine Zwischenmauer und schon stand Tarek auf dem Hof der „Firma“. Als er von der Mauer springen wollte, wäre er beinahe über die Objekte der Begierde gestolpert. Russische Waffenkisten, stapelweise, gut versteckt, aber leer. Tarek machte ein paar Fotos und als er sich die Fahrzeuge auf dem Hof näher ansehe wollte, hörte er das Hoftor. Jetzt war es Zeit, sehr schnell auf dem gleichen Weg, auf dem er gekommen war, zu verschwinden.

Hier gab es für ihn erst mal nichts mehr zu tun, also auf zum nächsten Termin. Er braucht unbedingt jemanden, der für ihn Augen und Ohren offen hält. Er wusste, dass er auf der richtigen Spur war.

**

Der Tag hatte es in sich gehabt. Karl Sander saß jetzt im Ratskeller in Köpenick und musste erst mal was essen und dann alles, was in den letzten zwei Tagen passiert war, gedanklich sortieren. In einer Stunde würde er sich mit seinem Chef und Freund Kriminalrat Frank Winter treffen. Es war höchste Zeit, ihn von seinen Vermutungen in Kenntnis zu setzen. Konnte es sein, dass Stasioberst Willi Kreibig zweiunddreißig Jahre lang unbehelligt sein Unwesen treiben konnte? Sander war auch überzeugt, dass die ganze Sauerei mit dem Waffenhandel und der Datsche in Gosen nur zufällig rausgekommen war und wie tief die ganze Sache ging, konnte man ja noch nicht absehen. Hier führte allerdings jemand einen Rachefeldzug, aber wer und wer stand da noch auf der Liste? Wie tief steckte er selbst in der Geschichte drin? Damals konnte er erfolgreich abtauchen, alles verbergen und dann kam die Wende und in den Jahren bis heute verblassten die schlimmen Erlebnisse des Jahres 1987. Er könnte ja mit seinem Vater reden, der im Pflegeheim in der Parisiusstraße auf den Tod wartete. Aber nein, das kam nicht in Frage. Aber was, wenn sein Vater …? Nein, daran mochte er nicht denken! Seit 1986 hatte er mit seinem Vater kein Wort mehr gewechselt. Gesehen hatte er ihn letztmalig 1993 bei der Beerdigung der Mutter. Sie war über das Zerwürfnis zwischen Vater und Sohn nicht hinweggekommen und hatte sich schließlich das Leben genommen. Der Vater lebte jetzt seit 2011 in diesem Pflegeheim und obwohl sein Sohn Karl als nächster Angehöriger eingetragen war, hatte er ihn nie besucht. Das sollte auch so bleiben.

„Kann ich Ihnen noch etwas bringen?“ riss ihn die Kellnerin aus seinen Gedanken. „Ja einen Kaffee bitte! Und die Rechnung.“ Sander ging seit Jahr und Tag essen, entweder in die „Laterne“ oder den „Ratskeller“ und das Feierabendbier nahm er dann bei Peter im „Anker“. Er war ein einsamer Wolf, kaum Frauengeschichten, nur einmal. Vor zwei Jahren, eine neue Gerichtsmedizinerin, Frau Dr. Marie Dreger, nahm grade ihren Dienst für das LKA auf. Es hatte gleich gefunkt. Sie waren fast ein Jahr zusammen und warum eigentlich nicht mehr? Sander wusste es nicht. Beziehungsangst, so das Fazit der Psychologin, die er nach der Trennung aufsuchen musste.

Peter und der „Anker“, das war auch fast eine Freundschaft und lenkte vom Dienst ab. Dort gab es Leute mit ganz anderen Problemen und er hörte einfach gern zu. Die Kneipe war die einzige Hafenbar auf der alten Fischerinsel Köpenick und von Peter sehr liebevoll eingerichtet worden. Wenn man jetzt kurz nach der Öffnung 20:00 Uhr kam, war kaum Betrieb, genau richtig für das Gespräch, das Sander mit seinem Chef vorhatte. Außerdem konnten sie sicher sein, dass Peter schlechte Laune hatte, sie in Ruhe ließ und erst mal mit Hilfe von mehreren Kaffeetöppen in Schwung kommen musste.

Frank Winter war schon da und nachdem sich beide an den Tisch am Fenster gesetzt hatten, begann Sander zu erzählen. Von der Beziehung zu seinem Vater, der Stasi, der Freundschaft zur Familie Viertel und den unsäglichen Ereignissen im Frühsommer 1987.

Danach, die Kneipe hatte sich etwas gefüllt, saßen beide einfach noch stumm da. Winter bestellte noch Bier und wusste nicht, was er sagen sollte. Obwohl beide so was wie befreundet waren, es keine Geheimnisse voreinander gab, vermied Sander immer, etwas Privates preiszugeben. Nach einer Weile brach Winter das Eis: „Karl, danke für die Offenheit, ja - du kannst Recht haben, das ist eine Rachegeschichte. Denke mal an den Fall Lorenz. Da hat der alte Lorenz alle umgebracht, die seiner Meinung nach am sogenannten Selbstmord seines Sohnes im Stasiknast Schuld waren. Am Ende des Tages gab es zwölf Tote, einschließlich des alten Lorenz. Das schlimmste, aber das weißt du ja, der alte Lorenz hatte Recht gehabt." Sander überlegte: „Ich setze mich gleich Morgen ran und versuche, eine Rekonstruktion der Ereignisse und Personen von damals zusammenzustellen."

„Ach Karl, beinahe hätte ich es vergessen. Während Ihr in Gosen beschäftigt wart, habe ich mit unserer Neuen, Britta Fuchs gesprochen. Sie ist in den Stasiunterlagen fündig geworden. Du solltest noch wissen, dass das LKA Brandenburg ab sofort mit im Boot ist, die Sache Gosen betreffend. Das Andere bleibt bei und unter uns. Offiziell ermittelt Hauptkommissarin Fuchs in der Sache Kreibig. Halte dich etwas zurück Karl, sonst muss ich dich abziehen." Sander stutze etwas, sagte aber dann: „Habe verstanden, Frank."

„Dann bis Morgen Karl, Ihr werdet verstärkt, vom LKA Brandenburg kommt als Verbindungsmann ein Hauptkommissar Jan Weber aus Frankfurt/Oder dazu und du kannst auch ab sofort auf unsere Zielfahnder zurückgreifen."

Vor dem Anker verabschiedeten sich beide. Sander in Richtung Allendviertel und Winter zur Straßenbahn. Beiden war nicht aufgefallen, dass die ganze Zeit ein älterer Mann von der Laurentiuskirche aus den Anker beobachtete und sich jetzt auch in Richtung Schlossplatz entfernte.

**

Sander wollte grade anfangen, die Akten der BstU zu studieren, die ihm Britta Fuchs auf den Schreibtisch mit dem Vermerk „dringend" gelegt hatte, als das Telefon klingelte: „Hauptkommissar Jan Weber, LKA Brandenburg, Kollege Sander?" Sander stutzte etwas, aber dann fiel es ihm ein. Der neue Verbindungsmann aus Frankfurt/Oder. „Ja, was gibt es?" „Wir haben ihn. Oberleutnant Senst, genannt Bunker Charly oder auch die rechte Hand des Teufels von Köpenick. Die Revierförsterin von Gosen hat ihn erwischt, als er grade unter der Erde verschwinden wollte. Ein super Fang für eine Försterin. Unsere Spurensicherung ist bereits vor Ort und Eure Leute sind unterwegs. Charly ist gut verschnürt und ich bringe ihn jetzt zu Ihnen. Dann nehmen wir ihn uns vor. Übrigens: unsere beiden Chefs haben die höchste Geheimhaltungsstufe angeordnet. Ich habe alles veranlasst. Eben sind ein Paul Landgraf und eine Oberkommissarin Susi Weiß eingetroffen. Die übernehmen jetzt. Bis bald."

Sander lehnte sich zufrieden zurück. Jetzt kam Schwung in die Sache. Jedenfalls in eine, die andere musste warten. Sander war überzeugt, dass der Tod von Willi Kreibig nichts mit den Ereignissen von Gosen zu tun hatte. Genau in diesem Moment kamen Tarek und Britta Fuchs ins Büro. Seitdem die neue Kollegin da war, gab es die beiden fast immer im Doppelpack. Sander musste schmunzeln.

„Karl, es gibt Neuigkeiten“ begann Tarek sofort: „Ich treffe noch heute meine Verbindungsmann vom Al Madi Clan. Da ist was im Busch, die planen eine riesige Sauerei. Bin dann also mal weg.“ Sander dachte nur, guter Mann und rief ihm noch hinterher: „Pass auf dich auf!“

In gebotener Kürze setzte Sander seine Kollegin ins Bild und verteilte noch die Aufgaben: „Paul und Susi bleiben erst mal in Gosen, Tarek ist in Neukölln, du, Britta, bleibst bitte hier und koordinierst die Einsätze. Ach ja, informiere doch bitte unsere liebe Staatsanwältin Frau Dr. Steffens. Ich glaube sie mag dich. Davon bitte kein Wort, erstmal.“ Dabei klopfte er auf die Stasiakten auf seinem Tisch. Britta sah ihn erstaunt an. „Hast du schon gelesen? Solltest du aber, vor allem, bevor das Verhör mit Bunker Charly beginnt. Ist ja noch etwas Zeit.“

Nach einer knappen Stunde, Sander war es wie eine Ewigkeit vorgekommen, kam eine Kollegin ins Büro und teilte Sander mit, dass ein Hauptkommissar Weber und ein vorläufig Festgenommener im Vernehmungsraum warteten. „Karl, ist dir nicht gut?“ Britta sah vom Computer auf. Sander war kreidebleich, etwas zitternd:

„Nein…“ Britta schüttelte nur den Kopf: „Schau einfach in den Spiegel und wirf dir eine Hand voll Wasser ins Gesicht, bevor du da drüben reingehst.“

Auf dem Weg in den Vernehmungsraum traf Sander seinen Chef. „Ich sehe mir das mal mit an. Wenn das stimmt, was die Kollegen da grade in Gosen ausheben, sind wir einer großen Sache auf der Spur.“ Sander wollte erwidern: „Ja, aber der Tod von Kreibig? “ „Ich weiß, aber Kreibig ist trotzdem der Schlüssel, bleibt einfach dran und lass seinen Adlatus ruhig in dem Glauben, dass der Tod seines Chefs etwas mit den Waffengeschäften zu tun hat. Übrigens, so lange es geht, die Leute vom LKA Brandenburg auch.“ Kriminalrat Winter legte Sander freundschaftlich die Hand auf die Schulter und verschwand im Abhörraum.

Trotz des fortgeschrittenen Alters, der langen Haare und des Bartes, erkannte Sander diesen unsäglichen Typen sofort. Vor ihm saß, mit hasserfülltem Blick, Oberleutnant Senst, die rechte Hand des Teufels von Köpenick. So wie er jetzt, nach fast dreißig Jahren Leben im Wald, aussah wäre er auch als Mitglied der Band ZZ-Top durchgegangen. Nein, so harmlos war der da vor ihm nicht. Eben hatte er noch einen Polizisten, einen Kollegen, verheiratet, zwei Kinder, aus Brandenburg erschossen und wer weiß was noch so alles … Sander nickte kurz seinem Kollegen Weber zu und nahm Platz. Die Befragung begann, aber egal welche Frage Weber oder Sander an Bunker Charly stellten, zur Antwort bekamen sie nur: „Anwalt….!“ Plötzlich war da so ein Flackern in seinen Augen: „Dachtest du, ich lasse mich von einem Verräter, wie du einer bist vernehmen, Genosse Leutnant Sander?“ Sander schoss hoch, noch ehe sein Kollege reagieren konnte, quer über den Tisch und schnappte sich Senst. Wenn Weber nicht dazwischen gegangen wäre, hätte er ihn gewürgt. „Sie haben es gesehen“ zeterte Senst los, “er wollte mich schlagen.“ Weber warf Sander einen Blick zu und sagte nur: “Ich habe gar nichts gesehen. Wir beenden das erst mal hier, Sie bekommen einen Anwalt und werden morgen dem Haftrichter vorgeführt.“

**

Sander hätte eigentlich mit dem Tag zufrieden sein können. Er war froh einen Dienstwagen zu haben und fuhr nach Köpenick. Erst mal noch ein Bier bei Peter im „Anker“ und dann schlafen. Die nächsten Tage würden es in sich haben. Er wollte voll konzentriert bleiben und erstmal die Sache mit dem Al Maci Clan vom Tisch haben, dann alles andere. Aber als altgedienter Hauptkommissar war er sich natürlich nicht sicher, ob sein Plan aufgehen würde. Er sollte sich auch diesmal nicht getäuscht haben. Grade als er die Dörpfeldstraße in Adlershof passierte, klingelte das Handy.

„Schwester Marina, Seniorenzentrum Bellevue, sind Sie Herr Sander? Es geht um Ihren Vater. Er möchte Sie unbedingt sprechen. Er hatte wieder einen Schlaganfall, den dritten in kurzer Zeit, es geht wohl zu Ende. Wir wissen, dass Sie jeden Kontakt ablehnen, aber als sein Sohn sind Sie der einzige lebende Verwandte. Noch ist er ansprechbar, aber wir wissen nicht wie lange. Er hat in letzter Zeit nur von Ihnen gesprochen, bitte kommen Sie schnell." Sander überlegte kurz und wollte eigentlich –nein- sagen, aber dann antwortete er nur: "Ich bin in zehn Minuten da." Also kein Bier bei Peter, wenig Schlaf und dann auch noch seinen ungeliebten, gehassten Vater sehen. Er hatte ihn noch nie in diesem Pflegeheim besucht, obwohl er als Vormund eingetragen war und sich schon seit zehn Jahren um die Finanzen seines Vaters kümmerte. Er rief noch schnell Britta an und stellte fest, dass sie offensichtlich in einem Restaurant saß und doch sicher nicht allein, Tarek? Egal, er gönnte seinen Leuten ihr kleines Privatleben. Dann war er schon da. Das Seniorenzentrum nahm sich in der ansonsten etwas tristen Parisiusstraße schon fast luxuriös aus. Jetzt fühlte es sich doch etwas flau an im Magen. Er hatte seinen Vater das letzte Mal vor vielen Jahren zur Beerdigung seiner Mutter gesehen. Dabei wären sie sich beinahe an den Kragen gegangen.

„Schwester Marina, sind Sie Herr Sander? Ich bringe Sie zu Ihrem Vater. Ach ja, eins noch. Gestern hatte Ihr Vater Besuch bekommen. Ein sehr gepflegter netter älterer Herr. Es war der einzige Besuch seit Jahren. Danach redete Ihr Vater kein einziges Wort mehr und in der Nacht bekam er dann noch den Schlaganfall. Es ist ein Wunder, dass er noch mal das Bewusstsein erlangt hat. Er verweigerte die Mitnahme ins Krankenhaus und wollte nur noch mit Ihnen sprechen." Sander überlegte kurz und wurde sehr blass. „Hat der Besucher gesagt, wer er ist?" „Nein, nur er sei ein guter Bekannter Ihres Vaters."

Sander erschrak, als er seinen Vater so liegen sah. Er erkannte ihn kaum wieder. Sein Vater schien auf ihn gewartet zu haben. Er versuchte zu lächeln, was gründlich misslang. „Bist du also doch gekommen. Du musst mich ja sehr hassen, vielleicht zu recht. Setz dich bitte, ich muss dir was erzählen, bevor es aus ist mit mir. Gestern hatte ich Besuch, Bernd Viertel, wie er jetzt heißt, oder sich nennt, weiß ich nicht. Unsere Nachbarn Bernd und Liesel im Allendeviertel?" Sander nickte unmerklich. Sein Vater redete weiter. „Er wollte nur wissen: Warum? Ich habe es ihm erzählt und um Verzeihung gebeten, die er verweigerte. Er ist ohne ein Wort gegangen. Er hat wohl gesehen, wie es um mich bestellt ist, deshalb hat er mich am Leben gelassen. Sonst wäre es mir wohl wie Kreibig gegangen und den anderen, die damals beteiligt waren." Sander erschrak, den anderen? Bis jetzt gab es nur den toten Kreibig. Unbeirrt redete Sanders Vater weiter, von sexueller Nötigung, Versprechungen und Verrat. Als er schließlich fast am Ende war, versuchte er eine Erklärung zu finden: „Ja, ich hätte sie warnen müssen, schließlich unsere Nachbarn und Freunde. Aber da waren ja auch noch Fritz Scheeweiß, Greta, die Parteisekretärin und andere, alle wussten, dass der geile Kreibig ein Auge auf Liesel geworfen hatte und alle hatten Angst vor dem mächtigen Mann." Es wurde sehr still im kleinen Zimmer, in dem Sanders Vater die letzten Jahre gelebt hatte, allein mit seiner Schuld. Trotzdem konnte Sander kein Mitleid empfinden. Da war ja noch seine Mutter, die er wie eine Sklavin behandelt, den Umgang mit dem Sohn verboten und in den Tod getrieben hatte. Sander ging ans Fenster und schaute wie zur Beruhigung in den liebevoll gepflegten Garten der Seniorenresidenz.

Als er sich umdrehte und etwas sagen wollte, war es zu spät. Sein Vater blickte mit leeren Augen zur Decke, es hatte etwas von einem Hilferuf, den niemand mehr hörte. Karl Sanders Vater war tot. Sander schloss ihm noch die Augen und dachte nur noch „…die anderen?! Was kam da noch? Wo war Bernd Viertel, was plante er?“ Sander ahnte Böses, denn eines wusste er aus seiner jahrelangen Polizeiarbeit: Die Rache war ein schwarzer Engel, der erst besiegt war, wenn man den Rächer besiegt hatte.

In dem Moment klingelte sein Handy, Britta: „Karl, wo bist du? Der Kriminalrat will, dass wir alle sofort kommen. Dringend, es geht wohl los. Die Einsatzleiter vom SEK sind schon da. Kannst du Paul mitbringen? Ist doch bei dir um die Ecke.“ Karl bestätigte den Anruf, warf noch einen Blick auf seinen toten Vater, rief nach der Schwester und trat wieder in die Realität, um mit Sondersignal loszufahren.

**

Es war alles perfekt vorbereitet. Tarek und sein Informant hatten die Lokalitäten, der „Firma“ des Al Madi Clans ausspioniert und Max hatte es geschafft, in das Netzwerk des Clans einzudringen und die nötigen Informationen zu beschaffen. So viel stand jetzt fest: Kreibig war der Verbindungsmann der Waffenhändler nach Osteuropa. Nachdem man alle Altbestände aus dem Gosener Waffenlager der Stasi über verschiedene Kanäle verkauft hatte, war Kreibig auf die Idee gekommen, einen neuen Strang nach Osteuropa aufzumachen und dazu ein altes Waffenlager neben dem Stasibunker K81 in Gosen und seiner Datsche als Drehscheibe zu nutzen. Das ging jahrelang gut, bis Kreibig aus ganz anderen Gründen ermordet und übel zugerichtet im Luisenhain gefunden wurde. Jetzt waren alle aufgescheucht. Alle noch verbliebenen Waffen mussten verschwinden. Das sollte mit verschiedenen Kleintransportern heute Nacht bzw. in den frühen Morgenstunden des Folgetages geschehen. Um Berlin, auf der A2 und der A19 würde das LKA Brandenburg zuschlagen und gleichzeitig im Rollbergviertel das LKA Berlin. Dazu war das SEK und ein MEK zur Absicherung in Stellung gegangen. An der Kreuzung Kienitzer/Morusstr. wurden alle Dächer mit Scharfschützen besetzt. Es fuhren jeweils zwei Sprinter des Clans auf der A2 und der A19, und sobald sie die Kontrollpunkte erreichen würden, begann die Razzia an allen drei Punkten gleichzeitig. Susi Weiß war beim MEK, Tarek beim SEK, Britta Fuchs und Karl Sander in der Leitzentrale. Alles bereit. Paul hielt die Ergänzungskräfte der Polizei in Bereitschaft.

Es begann leicht zu regnen an diesem Morgen im Rollbergviertel. Ansonsten schien es sehr ruhig. Das arabisch dominierte Rollbergviertel war eher nachtaktiv. Jetzt kurz vor vier Uhr gab es kaum einen Imbiss oder eine Shishabar, die noch geöffnet hatte. Kein Mensch auf der Straße. Die gepanzerten Fahrzeuge des SEK, vier Audis und ein Transporter waren in

Schleichfahrt herangekommen und in gehörigem Abstand geparkt worden.

Noch vier Minuten, dann würde das Signal aus Brandenburg den Zugriff auslösen. Max verfolgte auf seinen Bildschirmen die Sprinter, die sich planmäßig auf der Autobahn bewegten. Dann war es soweit: „Zugriff!“ Während auf den Autobahnen die Sprinter gestoppt wurden und Fahrer und Beifahrer im feuchten Grün des Randstreifens lagen, durchbrachen die Autos die Hoftore zum Firmengelände und den Wohnungen des Clans von der Kienitzer Straße und der Morusstraße. Mit Blendgranaten und Rammen verschafften sich die Beamten Zutritt. Dann passierte doch noch Unvorhergesehenes. Vier Personen versuchten über den Hof zu entkommen. Schüsse - und die Flucht war beendet, einer blieb für immer liegen. Tarek, der das beobachtete, bemerkte nur: „Das gibt Ärger!“ In dem Moment kam ein Mercedes mit hohem Tempo durch die Kienitzer Straße. Die Insassen eröffneten sofort das Feuer aus einer Maschinenpistole. Tarek, der das Geschehen aus dem Döner gegenüber beobachtet hatte, zog seine Waffe, zielte und erwischte den Fahrer noch rechtzeitig. Der Wagen raste mit voller Wucht gegen die Hofmauer, wurde wieder auf die Straße geschleudert und ging in Flammen auf. Die beiden anderen Insassen versuchten zu flüchten, kamen aber nicht weit. In der Zwischenzeit war die Kreuzung weiträumig abgesperrt worden. Das MEK rückte zur Absicherung vor. Der Einsatz hatte keine zehn Minuten gedauert, aber jetzt begann erst alles richtig. Spurensicherung, Gerichtsmedizin und Staatsanwaltschaft rückten an.

In Brandenburg ging alles viel ruhiger von statten. Die Autos, Insassen und die hoch brisante Fracht wurden sichergestellt und nach nicht einmal einer Stunde waren die Autobahnen wieder frei. Was an diesem Morgen auf den Autobahnen und im Rollbergviertel sichergestellt wurde, hätte für einen Bürgerkrieg in jedem beliebigen Winkel der Erde gereicht. Außerdem wurde der Chef des Al Madi Clans in einem der Autos Richtung Hamburg festgenommen und sein Bruder auf der A 2, Richtung Westen.

In den Zeitungen würde man am nächsten Tag von einem wichtigen Schlag gegen die organisierte Kriminalität lesen können. Bei zwei Toten gab es allerdings auch eine Untersuchung, die aber nur wenige Tage andauerte.

Als bei der Dienstbesprechung die Staatsanwältin Dr. Steffens zu Kriminalrat Winter und Hauptkommissar Sander bemerkte: „Hätte man das Feuerwerk nicht auch etwas kleiner halten können?“ platzte Sander der Kragen: „Bei einer Bande von Taschendieben in deinem schönen Grunewald sicher, aber in unserem Fall nicht.“ Dann leise nur zu Winter: „Warum hat die eigentlich schon wieder ihren Besen vergessen?“

„So, wir waren jetzt achtundvierzig Stunden auf den Beinen. Das dann auch noch recht erfolgreich. Also ab nach Hause, morgen früh pünktlich alle wieder hier.“ Sander dachte kurz an seinen Vater, der ja vor nicht einmal vierundzwanzig Stunden gestorben war. Auch deshalb schob er für sein Team noch nach: „Es ist noch nicht vorbei.“ Nur Britta Fuchs sah in ernst an. Sie kannte als einzige die Stasiakte zur Familie Sander.

**

Karl Sander verkniff sich diesmal sogar das Feierabendbier im „Anker“ und fuhr direkt nach Hause. Nur noch schlafen, mehr wollte er nicht. Die letzten Tage hatten es wohl in sich gehabt, und wer weiß, was da noch kommen würde. Aber an einen ruhigen Schlaf war nicht zu denken. Albträume plagten ihn. Aus der Kindheit, der Jugend, die ewigen Streitereien mit dem Vater, das Leid der Mutter und vieles mehr, das alles ging ihm in dieser Nacht durch den Kopf. Dann wieder die letzten Worte seines Vaters. Wer war da auf dem Rachepfad unterwegs? Ihm kam keine Idee. Aber Morgen würde er die Sache angehen und wenn da jemand helfen könnte, dann Max. Schließlich war es sechs Uhr und nach einer kräftigen Dusche griff Sander zum Handy und wählte die Nummer von Max. Wohl wissend, dass diese Uhrzeit als No go für einen Computer-Nerd galt. Er ließ geduldig die Schimpftirade über sich ergehen, um dann Max kurz zu erklären: „Ich suche eine Greta. Bis 1990 Parteisekretär im Funkwerk Köpenick, wohnhaft wahrscheinlich in Köpenick und einen Fritz Schneeweiß, leitender Ingenieur in der Entwicklungsabteilung im gleichen Laden. Beide sicher auch IM der Stasi. Wenn du also nichts findest, musst du dich einfach in die Stasiunterlagenbehörde einhacken. Da ist ein stiller Rächer unterwegs und es könnte sein, dass beide als nächstes auf seiner Liste stehen. Dann schicke ich dir noch die letzte Adresse von Bernd und Liesel Viertel, seit 1988 wegen Fluchtversuch im Stasiknast. Ich will alles über die beiden wissen. Aber zuerst Fritz und Greta.“ Kurzes Schweigen. Sander wusste, dass Max längst die ersten Namen ins System eingegeben hatte. Es kam auch nur ein „Melde mich zurück.“ Sander erwiderte noch schnell: „Danke Max, hast was gut bei mir.“

Erst mal einen kräftigen Kaffee, dann noch ein Telefongespräch: „Paul, bist du noch zu Hause? Bleib wo du bist, schön kräftig frühstücken. Ich bekomme gleich zwei Adressen, dann hole ich dich ab. Alles andere später.“ Paul kannte seinen Chef nur zu gut, als dass er irgendwelche Fragen stellte.

Kurz darauf plopte Sanders Laptop auf. Er las: Greta Müller, Mittelheide 4, 12555, 66 Jahre alt, seit einem Jahr Rentnerin. Zwei Einträge im Polizeiregister, Alkohol am Steuer und Beamtenbeleidigung. Sander musste lachen, Max ließ nichts aus. Dann stand da noch: „An Fritz Schneeweiß bin ich weiter dran. Schwierig !!! melde mich.“

Als Sander bei Oberkommissar Landgraf vorfuhr, stand Paul schon vor der Tür. Während der kurzen Fahrt zur Mittelheide setzte Sander Paul ins Bild. „Hoffentlich kommen wir nicht zu spät.“ Jetzt war es kurz vor 07:00 Uhr und die ersten Bewohner der Mittelheide starteten zur Arbeit. „Nr. 4 - da ist es.“ Paul zeigte schräg nach vorn. Als sie das Haus betraten, kam ihnen ein älterer Mann entgegen. „Wo finden wir die Wohnung von Frau Müller?“ fragte Paul. „Zweiter Stock. Links. Na da war ja vorige Nacht was los. Krach ohne Ende. Die Alte gehört in die Klapse und nicht in ein ruhiges Mietshaus.“ Dann verschwand der nette Nachbar in einer Wohnung im Erdgeschoß. „Mit dem müssen wir noch reden“ bemerkte Sander nur wie nebenbei. Dann meldete sich Paul: „Karl, die Wohnung ist offen!“ Reflexartig zogen beide ihre Waffen. „Polizei, ist da jemand?“ Karl Sander ging voraus, während Paul Landgraf absicherte. Kleine Wohnung, zwei Zimmer, Küche, Bad. Das Wohnzimmer am Ende des kleinen Flurs. Als Sander das Wohnzimmer betrat, sah er zwei weiße Socken, nein, nicht auf dem Fußboden, sondern in Augenhöhe, die Schuhe lagen neben der Deckenlampe auf dem Fußboden, Tisch und Stühle waren umgestoßen. Greta Müller hing von der Decke, offensichtlich schon längere Zeit. Jetzt kam auch Paul hinzu. „Ach du meine Scheiße.“

**

Die Bahnhofsstraße in Köpenick ist nun nicht gerade das, was man sich so als Einkaufs- oder Bummelmeile vorstellt. Eigentlich nur eine völlig überlastete Durchgangsstraße mit Dönerbuden, ein paar Gemüseläden, sogenannten „Barber-shops“ usw. Wäre da nicht das Forum, Arztpraxen und ein paar Läden am S-Bahnhof würde es sich nicht lohnen, diese Straße auch nur zu erwähnen.

Direkt von der Bahnhofsstraße geht die Parisiusstraße ab, die auch schon bessere Zeiten gesehen hatte. Hier wohnte seit ewigen Zeiten Fritz Scheeweiß, den alle nur als den „Alten aus der Parisiusstraße“ kannten. Bis 1990 arbeitete er neben Bertram Viertel als einer der leitenden Ingenieure der Forschungsabteilung im

Funkwerk Köpenick. Fritz und Bertram galten als unzertrennlich und wie man so sagt „beste Kumpels". Dann kam jener Frühsommerabend 1987, die Familie Viertel verschwand und Fritz Scheeweiß zog sich immer mehr zurück, verlor 1990 seinen Job, 1992 seine Frau und stand von da an mit niemandem mehr Kontakt, außer mit dem alten Sander, den er einmal wöchentlich im benachbarten Pflegeheim besuchte. Heute hatte er von Sanders Tod erfahren. Seit etlichen Tagen fühlte er sich verfolgt, auch jetzt auf der Bahnhofsstraße. Immer wenn er sich umdrehte, entdeckte er niemanden, aber dann kam wieder dieses Gefühl.

Jetzt, als er grade an der Seelenbinder Straße die Bahnhofsstraße überqueren wollte, stand er neben ihm. Der gepflegte ältere Herr. „Hallo Fritz…." Scheeweiß erschrak zu Tode. „Bernd…?" Der so Angesprochene stellte nur eine Frage: „Warum, Fritz? Du warst doch mein bester Freund?" In dem Moment, als der Linienbus um die Ecke bog, spürte Fritz Schneeweiß einen kräftigen Stoß. Es knallte fürchterlich, die Bremsen des Busses quietschten, Passanten schrien auf und der „Alte aus der Parisiusstraße" verstarb noch am Ort des Geschehens. Ein Unfall?

„Halt, bleiben Sie stehen!" Aus der Dönerbude an der Kreuzung kam der Verkäufer gerannt. „Da - der Mann hat ihn gestoßen. Haltet ihn fest!" Zu spät, der Mann verschwand im Trubel des Geschehens. Außer dem Dönerverkäufer, einem Ali Ülmüz, gab es keine Zeugen. Als allerdings auch der Busfahrer seine Aussage machte, dass der Mann direkt vor seinen Bus gefallen sei und auch der Alkoholtest beim Opfer nichts ergab, nahmen die Beamten vom Abschnitt 66 eine Anzeige zu einer beabsichtigten „Tat“ auf.

Karl Sander und sein Team hatten noch alle Hände in der Mittelheide zu tun, als Max anrief. Sander wurde blass, übergab den Tatort und alles weitere an Britta Fuchs und raste in die Bahnhofstraße. Noch auf der Fahrt rief er in der Charité an. „Prof Weinert, ich schicke Ihnen gleich zwei Leichen. Einmal weiblich, Mord, und einen angeblichen Unfall, glaube ich aber nicht. Ich brauch alles dazu.“ Prof. Weinert klang etwas sauer. „Das ist mein Job, Herr Hauptkommissar. Ich melde mich.“

Eben noch war die Adresse von Fritz Scheeweiß auf Sanders Handy angekommen, und schon ist er tot. Der Fall nahm Dimensionen an, die ihm gar nicht gefielen.

**

Die Ermittlungen an den beiden Tatorten in Köpenick dauerten bis tief in die Nacht. Spurensicherer, Kriminaltechnik, Gerichtsmedizin und alle verfügbaren Kräfte der verstärkten Ermittlergruppe „Sander“ kamen kaum zum Schlaf. Punkt 08:00 Uhr des Folgetages saßen alle Beteiligten im großen Beratungsraum des LK 11 in der Keithstraße. Max arbeitete noch an dem mittlerweile vervollständigten Whiteboard und Kriminalrat Winter hatte eine interaktive Präsentationswand aufstellen lassen. Die von Renate Klein vorbereiteten und aufbereiteten Ermittlungsmappen lagen auf dem Konferenztisch. Frau Dr. Marie Dreger war von den Tatorten direkt zur Obduktion in die Charité gefahren, um gemeinsam mit dem Team von Prof. Weinert die ganze Nacht zu obduzieren. Sie würde jeden Moment kommen und als Erste die neusten Erkenntnisse erläutern. Am Tisch saßen außerdem die Staatsanwaltschaft, zwei Oberkommissare vom 66. Revier in Köpenick und eine Mitarbeiterin der Stasiunterlagenbehörde aus der Normannenstraße. Alle einschlägigen Personen versammelt, einschließlich etlicher dampfender Kaffeekannen war alles bereit. Nur Kriminalrat Winter und Hauptkommissar Sander fehlten bisher.

Beide saßen noch in Winters Büro und überlegten eine Strategie: Wie weiter? „Karl, jetzt muss alles auf den Tisch. Alles was du weißt, vermutest, egal. Heute Nachmittag ist Pressekonferenz. Da kann ich dich nicht raushalten. Zur Geschichte um den Waffenhandel von Gosen und Neukölln werde ich Tarek mitnehmen. Die andere Sache, da musst du selbst ran, tut mir leid. Wer weiß was noch kommt. Ihr bekommt alle Unterstützung, die Ihr braucht.“ Karl hatte die ganze Zeit geschwiegen. Er konnte es nicht glauben. Nach über dreißig Jahren. Ein Rachefeldzug, wer? Britta Fuchs, Paul und er hatten alle Stasiunterlagen durchgesehen. Liesel Viertel war seit 1988 tot, zwei Monate nach der Entbindung im Frauengefängnis Grünauer Str. 140 verstorben, Selbstmord? die Tochter wurde zur Adoption freigegeben. Wer? Wo? Was? – unbekannt. Blieb noch Bernd Viertel, keine Spur, nichts. Wie passte das alles zusammen?

„Also los Karl! Lass die Emotionen hier im Büro. Jetzt marschieren zwei Profis da drüben rein und los geht`s.“

Als die beiden Chefs den Raum betraten verstummten alle Gespräche.

Wenn es eine Steigerungsform von „stinksauer“ geben würde, dann befand sich der Kriminalrat unmittelbar vor diesem Level. Das erste Donnerwetter bekam die Mitarbeiterin der Stasiunterlagenbehörde ab: „Können Sie mir sagen, was ich mit diesem geschwärzten, unleserlichen Zeugs soll? Bis morgen früh bekomme ich alles was hier unleserlich ist, in klarem und gut leserlichem Deutsch auf meinem Tisch. Wir haben hier keine Zeit für Ihre Datenspäßchen. Das ist ein politisch hochbrisanter Fall. Sind vier Tote nicht genug? Nur einer starb eines natürlichen Todes. Wer weiß was noch kommt?!“

Von der Seite des Tisches meldete sich Dr. Tina Steffens: „Die staatsanwaltliche Anordnung ist so gut wie unterwegs.“

In der Zwischenzeit war auch die Gerichtsmedizinerin Dr. Dreger eingetroffen. Nachdem Paul Landgraf und Susi Weiß alle am Whiteboard und der Präsentationswand über den Tatverlauf und den Stand der Dinge in Kenntnis gesetzt hatten, berichteten Dr. Dreger und die Kriminaltechnik von ihren Erkenntnissen.

Greta Müller aus der Mittelheide war erdrosselt worden, mit der gleichen Wäscheleine, mit der sie dann der Täter „post mortem“ an der Decke aufgehängt hatte. „Aber…“ fuhr Dr. Dreger fort „… neben einem Alkoholpegel von über 2,1 Promille fanden wir

Benzodiazipin. Auch bekannt in der Mischung mit Alkohol als `KO-Tropfen`. Sie war also bewusstlos, als sie getötet und aufgehängt wurde. Als Alkoholikerin hätte sie es wohl nicht mehr lange gemacht.“ Dann berichtete der Vertreter der Kriminaltechnik, dass sie die Wohnung der Frau Müller sauber, schon fast zu rein vorgefunden hätten, keine Fremd - DNA, keine Fingerabdrücke, außer ihren eigenen. Aber dann doch ein Treffer. „In einem Glascontainer im Hof fanden wir eine Flasche mit Resten von Rotwein und Benzodiazipin. Da waren auch Fingerabdrücke, die nicht vor der Müller stammten. Leider nicht im System und keine DNA.“

Der befragte Nachbar berichtete von einem heftigen Streit der Greta Müller mit einem Mann. Gesehen hat ihn niemand.

Bei Fritz Scheeweiß lag die Sache anders. Die Wohnung vermüllt, runtergekommen, eher ein Messi, sonst keine Erkenntnisse. Aber dank des Dönerverkäufers gab es eine, wenn auch vage Personenbeschreibung: älterer Mann, groß, kräftig. Hier kam der entscheidende Hinweis aus der Gerichtsmedizin: „Wir fanden zwei Hämatome, die ihm prä-mortem , unmittelbar vor dem tödlichen Aufprall auf den Bus zugefügt sein mussten. Einmal am linken Schulterblatt und auf dem Rücken. Typisch für einen kräftigen Stoß. Also Absicht, Mord? Ansonsten war nicht mehr viel von ihm übrig. Zweimal überrollt.“ Marie Dreger blickte zu Karl Sander, der bis jetzt geschwiegen hatte und erschrak. Kreidebleich saß er neben dem Kriminalrat. Jetzt erteilte ihm Kriminalrat Winter das Wort. Hauptkommissar Karl Sander berichtete und legte alles offen, was er wusste und vermutete.

Eisiges Schweigen, hier standen sie vor einem Fall, den noch keiner der Anwesenden erlebt hatte. Ein Mysterium, ein Phantom auf Rachefeldzug. Wer war der Mann in der Bahnhofsstraße?

Kriminalrat Winter übernahm wieder. „Tarek und Frau Fuchs, Sie kommen beide mit zur Pressekonferenz. Hauptkommissar Sander, Sie fahren nach Hause, schlafen. Morgen früh wieder hier. Das ist ein Befehl. Die Kollegen aus Köpenick drehen bitte das Unterste zu Oberst. Jedes Hotel, jede Pension, Kneipen. Einfach alles. Oberkommissar Paul Landgraf, Sie leiten den Einsatz. Bericht direkt an mich. Los, an die Arbeit. Wir haben keine Zeit."

Beim Rausgehen: „Frau Dr. Dreger, bitte fahren Sie Karl nach Hause. Er sollte jetzt nicht allein sein."

**

Das Altstadtcafé in Alt Köpenick, direkt am Ufer der Dahme, gegenüber dem Rathaus strahlt echte Kaffeehausatmosphäre aus. Was hier angeboten wird, hat nicht nur eine hohe Qualität, es ist für Jeden etwas dabei. Vom Cafégarten hat man eine wunderbare Aussicht auf den Zusammenfluss von Dahme und Spree. Franziska Bankhofer war aber nicht wegen des gastronomischen Kleinods, den ausgezeichneten Torten oder den Teekreationen aus München nach Köpenick gekommen. Es ging um ein sehr mysteriöses Treffen. Vor einigen Wochen hatte sie Post aus den USA bekommen, von einem Mister Smith. Er bot an, wenn sie Interesse hätte, ihr die Wahrheit über ihre Familie zu erzählen, einschließlich der notwendigen Beweise. Dazu müsse man sich aber in Köpenick, in Berlin treffen. Er, Fred Smith, würde alle Kosten übernehmen und sich wieder melden.

So weit so gut. Von diesem Zeitpunkt an ließen Franziska diese seltsamen Nachrichten nicht mehr los.

Ihre Eltern waren seit 2012 tot. Erst der Vater, Krebs, dann die Mutter - Herzversagen. Sie selbst war 1988 im Krankenhaus Marzahn zur Welt gekommen, so stand es in der Geburtsurkunde. In Marzahn lebte sie auch, bis sie dann nach der Ausbildung zur Krankenschwester nach München gegangen war, dort ihren Mann kennenlernte, jetzt Oberarzt im Klinikum „Rechts der Isar". Nach Berlin kam sie nur noch zweimal zur Beerdigung der Eltern. Ja, die Eltern. Ein herzliches Verhältnis hatten sie nie. Sie gaben sich Mühe, aber irgendwas Fremdes stand da im Raum, vor allem zum Vater. Aus diesem Grund war sie auch sofort nach der Ausbildung weggegangen.

Schließlich vor einer Woche kam dann wieder ein Brief, diesmal aus Berlin von Mister Fred Smith, Flugticket, Hotelbuchung, alles bezahlt und der Treffpunkt: Altstadtcafé Köpenick, Uhrzeit usw. Lange überlegte sie mit ihrem Mann, ob sie den Treff wahrnehmen solle. „Fahr ruhig, ich kann nicht, aber sei vorsichtig. Keine abendlichen Treffs und nur an belebten Orten. Es bewegt dich doch, was der Herr zu sagen hat." Sie hatten außerdem über Mr. Smith recherchiert. Wenn es stimmte, was das Detektivbüro in München ermittelte, war die Smith Corporation ein millionenschweres

Unternehmen in Baltimore im Bereich digitalisierter Schiffsfunk und Elektronik.

Sie war zu früh erschienen und bestellte sich eine Tasse Tee aus irgendeiner indischen Ecke sowie eine Pistazien-Marzipan-Torte mit dem interessanten Namen "Grünschnabel". Es begann zu regnen, so dass der Garten als ursprünglicher Treffpunkt ausfiel, aber auch im Inneren fand sich eine Ecke, in der man sich ungestört unterhalten konnte.

„Franziska?" Sie erschrak und war so mit ihrer Torte beschäftigt gewesen, dass sie den älteren Herrn gar nicht bemerkte, der an ihrem Tisch stand. „Mr. Smith?" „Ja, darf ich mich setzen?" Franziska hatte das Gefühl, dass sie diesen Mann schon kannte. „Hat alles geklappt? Sind Sie mit dem Hotel zufrieden? Wenn nicht sagen Sie es mir."

Nach dem sich Mr. Smith auch eine Torte und einen Café bestellt hatte, begann er zu erzählen: „Ich werde Ihnen, Frau Bankhofer, oder darf ich lieber Franziska sagen, eine Geschichte erzählen, eine unglaubliche Geschichte, dann lasse ich sie mit dieser Mappe und den darin befindlichen Sticks allein. Wenn es Ihnen recht ist, treffen wir uns in zwei Tagen, dann im Hotel Adlon in Berlin, wieder. Meine Handynummer finden Sie auch in den Unterlagen. Sie können mich immer anrufen, egal wann."

Dann begann Mr. Smith zu erzählen. Die ganze Geschichte von Bernd und Liesel Viertel zwei sehr jungen, sehr verliebten Menschen, beginnend 1986, als der Plan reifte, dieses Land zu verlassen. Vom einzigen Freund Fritz, der eingeweiht war, von Verrat und dem unsäglichen Abend 1987. Franziska kam sich vor wie in einem falschen Film. Sie konnte, als Mr. Smith fertig war, nur noch fragen: „Warum erzählen Sie mir das alles?“ Nach einer kurzen Pause antwortete er ihr. “Weil… Sie werden es bald verstehen. Ich möchte Ihnen jetzt noch etwas zeigen. Es sind nur fünf Minuten mit dem Auto. Scheuen Sie sich auch nicht, den einzigen Zeugen anzusprechen, den jetzigen Hauptkommissar Karl Sander, seine Adresse finden Sie in den Unterlagen und ich zeige Ihnen wo er jetzt wohnt.“

Als beide das Café verließen, stand wie aus dem Nichts der Wagen des Limousinenservices vor der Tür. „Zum Müggelschlösschenweg 36 bitte.“ Als sie nach wenigen Minuten ankamen, stiegen sie aus und er sagte nur: „Hier lebten Bernd und Liesel Viertel bis zu jenem Abend 1987.“ Franziska glaubte in einem Auge bei Mr. Smith eine Träne zu bemerken. „Blütenstaub…“ schnell wischte er übers Auge.

**

Karl Sander wusste es ganz genau. Es knisterte immer noch. Auch wenn es schon eine Weile her war, dass sich Marie, die Gerichtsmedizinerin und der Hauptkommissar näher gekommen waren. Daraus wäre wohl eine tragfähige Beziehung geworden, wenn nicht Karl Sander an einer schweren Beziehungsstörung gelitten hätte. Er sagte dann immer, das sei seine „Altlast“ aus dem anderen Land. Schuld gab er auch seinem Vater, unter dem alle litten, Schuld auch am Tod der

Mutter, die sich kurz nach der Wende vor Kummer das Leben genommen hatte. Er stellte jeden Umgang mit seinem Vater ein. Jetzt war er tot. Der dritte Infarkt, so die Ärzte. Sander wusste es besser. Dieser Besucher, wer immer es gewesen sein mochte, schien die Ursache für den Infarkt und schließlich den Tod. Alles hing mit den unsäglichen Ereignissen vom Frühsommer 1987 zusammen und Karl Sander ahnte auch, wer da als Phantom nach dreißig Jahren auf Rachefeldzug unterwegs war. Ausgerechnet er, der Hauptkommissar beim LKA 11, hatte den Fall an der „Backe". Als Nebenprodukt war es ihnen gelungen, einen Waffenschieberring auffliegen zu lassen, dessen Dimensionen weit über den eigentlichen Fall Kreibig hinausgingen. Aber mit dem toten Kreibig im Luisenhain fing alles an. Für die meisten seiner Kollegen war es eine Gleichung mit vielen Unbekannten. Nicht für Karl Sander. Er kannte die „Unbekannten", aber noch nicht alle Zusammenhänge. Erst mal ausschlafen und gleich morgen in der Frühe noch mal durch die Stasiakten, dann hoffentlich mit Klarnamen.

Neben ihm saß Marie Dreger, seine eigentliche und wirkliche Freundin, und lenkte ihn sicher durch den Berliner Abendverkehr. Sie sagte kein Wort, merkte aber sehr wohl, dass Karl neben ihr kräftig grübelte und nachdachte. Sie wusste, dass man ihn dabei nicht stören durfte. Er würde schon erzählen, hoffentlich bevor sein Kopf explodierte. Den würde sie noch brauchen, denn eines schien der Gerichtsmedizinerin klar, ihre Beziehung war noch längst nicht vorbei. Sie liebte diesen verschlossenen, unnahbaren „Brubbelkopp". Aber alles zu seiner Zeit. Jetzt würde sie ihn erst mal nach Hause nach Köpenick bringen und dafür sorgen, dass er sich ausschlief.

Noch fünf Minuten, dann waren sie da. Sie kam immer gern zu ihm, hier fast am Müggelsee, über den Dächern von Köpenick, die Stadt auf der einen Seite, den See und die Müggelberge auf der anderen.

„Sag mal Marie, glaubst du, ich kann Tarek und unserer neuen Hauptkommissarin Steffens die Waffenschiebersache voll verantwortlich übertragen?“ Marie erschrak, sie war ganz weit weg gewesen. „Na klar, warum nicht, Tarek ist ein Guter, der kennt sich in der Clan-Szene aus und wird die Neue mitziehen.“ Sander nickte, wie zur Bestätigung. Beim Aussteigen am Müggelschlößchenweg, den sie jetzt erreicht hatten, sagte er noch wie nebenbei: „Sag mal Frau Doktor, ist es möglich, an die alten Krankenakten des Frauengefängnisses in der Grünauer Str. heranzukommen? Da muss es doch im Stasi Archiv was geben? Ich brauche die Selbsttötungen, er überlegte kurz, „so ab Sommer 1988, einschließlich alle der sogenannten Zwangsadoptionen in diesem Zeitraum. Kannst du mir da helfen?“ Marie musste lächeln, da war er wieder, der alte Sander, den sie kannte und liebte. „Ach… und es wär schön, wenn es unter uns bliebe.“ Marie schloss die Tür auf. „Aber sicher doch, Herr Hauptkommissar, ich fange gleich morgen an und weiß auch schon wo und mit wem. Ich habe da noch einen Kollegen in der Charitè, der schuldet mir einen Gefallen, mal sehen was geht.“

„Ich lege mich nur mal fünf Minuten hin. Irgendwo ist noch eine Flasche Rotwein, mach sie doch bitte auf

Marie, dann können wir weiter reden.“ Karl Sander lag noch nicht mal richtig auf dem Sofa, und schon war er fest eingeschlafen. Marie schien es chancenlos, ihn zu wecken oder ins Bett zu bringen. Also deckte sie ihn zu und ging noch mal für eine Zigarette auf den Balkon. Dann würde sie sich auch hinlegen und heute Nacht hier bleiben.

Wie durch Zufall sah sie nach unten. Da sah sie sie. Den elegantem älteren Herrn und die wesentlich jüngere Frau, neben der Limousine, ins Gespräch vertieft und ab und zu nach oben sehend. Weder das Auto, noch die beiden passten in die Gegend. Nach wenigen Minuten fuhren sie weg und wie automatisch notieret Marie das Kennzeichen, Farbe und Typ des Wagens. Sie war eben irgendwie auch die Polizei.

**

Tarek liebte seine kleine Dachwohnung in der Wilmersdorfer Str. 41. Hier, mitten in Charlottenburg im Berliner Westen fühlte er sich zu Hause, seit er seinen Dienst beim LKA angetreten hatte. Verheiratet war er mit seinem Job, ab und zu gab es mal eine Freundin, nichts Festes oder Dauerhaftes. Aber das jetzt mit Britta- was ganz anderes. Es funkte gleich zwischen dem 1,90 Mann Tarek und der kleinen zärtlichen, blitzgescheiten und knallharten Hauptkommissarin aus Oberfranken. Gestern Abend, ihr erstes Date im Focaccino, dem Szeneitaliener am Stutti, und danach in der Galander-Bar nebenan. Konsequenz aus mehreren Flaschen

Rotwein und ein paar Coctails…: jetzt in Tareks Wohnung, ihre erste Nacht. Heute am Samstag hatten beide frei. Tarek schlich sich leise aus der Wohnung runter zum „Kamps". Frühstück holen. Als er wieder kam schlief Britta immer noch ganz fest. Nur sein Handy hüpfte wie ein tollwütiger Frosch auf dem Tisch und summte wie ein Schwarm Bienen. Da es leise gestellt war, schlief Brita weiter. „Nuri…" Am anderen Ende meldete sich Paul, der Bereitschaft hatte. „Tarek, na endlich. Ein Toter in der JVA Tegel Haus II." Tarek überlegte kurz: "…und warum interessiert das das LKA?" „Weil es ein Bekannter ist. Bunker Charly, richtig: Stasioberleutnant Senst. Ach übrigens: Anweisung vom großen Chef Winter: Ab sofort bist du und Britta Fuchs für die Waffengeschichte und alles, was mit dem Al Madi Clan zusammenhängt, verantwortlich. Wo ist eigentlich unsere neue Hauptkommissarin? Ich erreiche sie nicht." Tarek musste grinsen und blickte verliebt auf die schlafende Britta. „Woher soll ich das wissen? Ich fahre bei ihr vorbei und bringe sie mit nach Tegel. Ach Paul, schicke doch bitte die Kollegen, einschließlich der Gerichtsmedizin nach Tegel." Nachdem Tarek Britta zärtlich geweckt hatte und während sie duschte und er das Frühstück auf den Tisch stellte, setzte er sie kurz ins Bild. Auch von der Entscheidung Winters, dass sie jetzt die Ermittlungen in der Al Madi Sache leiten würde. „Dann müssen wir jetzt sehr vorsichtig sein, du kennst die Dienstvorschriften, Tarek." „Ja, Frau Hauptkommissarin, na dann mal los, unserer erster Fall."

In Tegel angekommen, war die Hölle los. Im Haus II, in dem nur Schwerverbrecher einsaßen, wurden alle Gefangenen eingeschlossen. Die beiden Beamten ließen sich vom Leiter der Anstalt und dem diensthabenden Wachmann ins Bild setzen. Bei der Ausgabe des Frühstücks musste es gelungen sein, Senst durch die Luke mit einem langen Fleischermesser so am Hals zu verletzen, dass er wenig später verblutete. Hilfe war nicht mehr möglich, da er zu spät gefunden wurde. Der Täter, ein Mörder und Räuber, stand auch fest. Britta war stinkesauer. „Wie konnte das geschehen, hier sind doch die Sicherungsräume? Wie kam der Mann mit der Essensausgabe an den Gefangenen ran? Warum fand man ihn so spät?“ Alles Fragen, die den Leiter der Anstalt nicht zu erschüttern schienen. Er erklärte Tarek und Britta die Grundmisere seines zu verantwortenden Gefängnisses. Zu wenig Personal! „Früher war immer ein Beamter bei der Essensausgabe dabei: eingespart. Zusätzliche Kontrollen: eingespart. Von den 469 arabischen Clanmitgliedern der 59 Berliner Clans haben wir ein Drittel hier im Haus. Außerdem war Herr Senst ein Polizistenmörder. Da halten sich die Aktivitäten und Bemühungen der Justizangestellten in Grenzen. Das wissen auch unsere `Gäste`.“

„Das war der letzte Zeuge der Waffenschieberei des al Madi Clans. Adé Rechtsstaat. Na gut, eine Genugtuung: verdient hat er es.“ Britta sah Tarek böse an: „Lass das niemanden hören. Ich rufe jetzt Karl an.“

**

Karl Sander hätte sicher noch länger geschlafen, wenn nicht ein wohliger Kaffeeduft durch die Wohnung gezogen wäre und auf dem Tisch ein tolles Frühstück warten würde. „Wie in alten Zeiten, ich gehe nur noch duschen.“ Marie musste grinsen und bemerkte nur noch: „Es gibt Neuigkeiten, vielleicht haben wir einen Durchbruch.“

Schon meldete sich Sanders Handy. Es war Britta Fuchs, die ihn kurz mit den Neuigkeiten von Bunker Charlys Tod bis zu den Ermittlungen zu einem Fahrdienst aus Gosen versorgte. Marie ergänzte noch die Informationen beim Frühstück und berichtete Sander von ihren Beobachtungen am gestrigen Abend vor dem Haus.

Vor der Fahrt ins LKA fuhren beide noch in der Karlstraße beim Abschnitt 66 vorbei. Sander wollte alles über den Gosener Fahrdienst erfahren und die Ergebnisse der Recherchen in den Köpenicker Hotels. Zu beiden Ermittlungen gab es Ergebnisse, die die Kollegen vom Abschnittskommissariat bereits an Sanders Dienstgruppe vom LKA übermittelt hatten: Den Wagen des Fahrdienstes hatte ein Mr. Smith, amerikanischer Staatsbürger, für die Dauer seines Aufenthaltes in Berlin geliehen. Warum ein Gosener Fahrdienst? Mr. Smith wohnte doch im „Adlon“ in Mitte? Die von den Köpenicker Kollegen ermittelten Fahrstrecken ergaben auch keinen Sinn. Der Fahrer holte ihn zweimal im Adlon ab und brachte ihn dann nach Köpenick, in die Altstadt und ins Allendeviertel. „Was wollte Mr. Smith bei mir vor der Tür?“ bemerkte Sander so ganz nebenbei. Bei der jungen Frau, die Mr. Smith offensichtlich in einem Café in der Altstadt getroffen hatte und mit der er dann zum Allendeviertel gefahren war, handelte es sich um Franziska Bankhofer aus München. Das Zimmer, das sie im „Penta-Hotel" an der Spree seit ihrem Aufenthalt in Köpenick bewohnte, war von Mr. Smith angemietet und bezahlt worden. Fragen über Fragen und bis jetzt keine Antworten.

Sander saß bei seinem Chef und überlegte die nächsten Schritte. „Ich brauche eine Überwachung dieses Mr. Smith und eine Anfrage an die Amerikaner. Wer oder was er ist. Außerdem muss diese Franziska `Dingsbums`, Bankhofer, genau, überwacht werden." Der Kriminalrat schaute zu Sander und bemerkte dann: „Smith ist Amerikaner, die Bankhofer aus München, ein unbeschriebenes Blatt, keinen Verdacht, gegen beide nicht. Vergiss es Karl, das geht nicht, die reißen mir den Kopf ab, zwei Teams? Wer soll das verantworten? Du hast keine Beweise, dass auch nur einer von beiden an irgendeinem der Tatorte war."

Sander war sauer, wusste aber, dass sein Chef Recht hatte. „Dann machen wir Folgendes, Frank: ich schicke Susi Weiß nach Köpenick ins 66. Dann habe ich wenigstens eine vor Ort. Ich schnappe mir Tarek und werde mal den Amerikanern einen Besuch abstatten. Sicher ohne Erfolg, aber einen Versuch ist es wert. Die schulden mir noch was. Der Doppelmord vor drei Jahren, du erinnerst dich? Da habe ich ihnen schwer geholfen, ohne Bürokratie. Könnte mir jetzt von Vorteil sein."

Kriminalrat Winter staunte immer wieder über die Konsequenz und Sturheit seines Freundes. Aber bis jetzt ging es immer erfolgreich aus. Aber diesmal…?

Frank Winter hatte so ein mulmiges Gefühl und ahnte, dass in diesem Fall noch einiges Überraschendes ans Licht kommen würde.

**

„Sag mal Karl, warum nimmst du mich eigentlich mit? So wie ich aussehe, klingeln bei denen doch alle Glocken." Sander grinste Tarek an. „Genau aus diesem Grund. Wir werden jetzt gar nichts erfahren, aber ich werde mit meinem Kontakt zusammenkommen. Mehr braucht es nicht." Tarek verstand gar nichts mehr. Sander redete weiter: „Ach übrigens, da wir jetzt hier im `Niemandsland` sind. Britta und du, bitte seid vorsichtig. Ich möchte euch ungern verlieren, aber du kennst die Vorschriften." Jetzt waren sie fast am Pariser Platz 2 angekommen, an der Botschaft der Vereinigten Staaten von Amerika. Sander hatte Recht. Auf einmal richteten sich alle Kameras auf sie und ein Botschaftsmitarbeiter, der seine Waffe im Holster nur sehr schlecht tarnte, kam auf sie zu. Beide zeigten ihre Ausweise und wurden in perfektem Deutsch gebeten ihm zu folgen. Sander musste sich ein Grinsen verkneifen. Immer wieder musterte der Sicherheitstyp Tarek, er war sichtlich nervös. Noch durch zwei Schleusen und schon waren sie in den USA. „Wen möchten Sie bitte sprechen?" Aha, dachte Tarek, ich dachte schon, er bringt uns gleich zum Botschafter. „Bitte sagen Sie Mister Oliver Miller vom FBI, dass ihn Karl Sander vom LKA Berlin sprechen möchte."

Nachdem sie eine halbe Stunde im Empfangsbereich gewartet hatten, immerhin bei Wasser und einem Café, kam Mister Miller mit zwei Herren die große Treppe im Empfangsbereich herunter. Tarek entging ein kleines Zwinkern nicht, bevor die beiden sich wie alte Freunde begrüßten. Sollte wohl heißen: „Du, Karl, ich kann es nicht ändern, die beiden müssen dabei sein." Oliver Miller stellte die beiden als Mitarbeiter der Sicherheitsabteilung der Botschaft vor. Auch Karl stellte Tarek vor, der nun sein kleines Kreuz sichtbar auf der Brust trug.

Jetzt kam Sanders mitgebrachter Souvenirbeutel ins Spiel. „Oliver, erinnerst du dich, das letzte Mal am Flughafen Tegel. Du erzähltest mir von diesem Teddy mit Herz für deine Tochter. Ausverkauft damals, jetzt habe ich ihn, bitteschön." Damit überreichte Sander ihm die Tüte. „Toll Karl, danke, da hast du aber eine neue Freundin. Sie wird sich sicher ganz toll freuen." Mann, dachte Tarek, doch recht einfach, diese arroganten Sicherheitspinsel zu verarschen. Er war aber beeindruckt, wie die beiden das hin kriegten.

Dann rückte Sander mit seiner Bitte raus, den aktuellen Fall betreffend. Tarek staunte, wie oberflächlich er erzählte. Wichtiges ließ er weg, da er aber gebrieft war, unbedingt nichts zu sagen, blieb er ruhig. Oliver Miller antwortete sehr ruhig, dass er dazu nichts sagen könne, aber natürlich gerne dem deutschen LKA helfen möchte, zumal sie ja damals vor einem Jahr ihm auch sehr hilfreich waren. Er schickte einen der beiden Gorillas weg. Der kam nach wenigen Minuten mit einer aufgebrezelten Brünetten wieder, die ihnen als Susan Lander von der Visa-Abteilung vorgestellt wurde. Tarek dachte nur: „Hoffentlich weiß die überhaupt wie Visa geschrieben wird.“ Bereitwillig gab Susan über einen Mister Smith Auskunft: Unternehmer aus Baltimore, der am …. eingereist war, wohl aus geschäftlichem Interesse länger in Deutschland bleiben wolle und derzeit im Hotel Adlon wohne. Sie verabsäumte es auch nicht zu erwähnen, dass Mister Smith ein Freund des Senators XY sei und zugleich Honorarkonsul von irgendeiner lateinamerikanischen Bananenrepublik, somit diplomatischen Staus genieße. Damit war dann auch die Auskunftsfreudigkeit der Dame erschöpft und Oliver Miller entschuldigte sich bei Sander, nicht mehr tun zu können. „Wir müssen aber unbedingt beide wieder mal ein gutes Bier trinken gehen. Nicht erst wieder nach einem Jahr.“ Sander gab ihm die Hand. „Ja, unbedingt, das machen wir. Ich wollte dir doch mal Köpenick zeigen, Du erinnerst dich noch? Wir telefonieren.“ Miss `Visa Abteilung` war schon entschwunden. Miller brachte seine deutschen Kollegen noch an den Ausgang, Tarek glaubte, wieder das Zwinkern zu sehen, diesmal bei Sander.

Draußen bekamen sie sofort wieder Kamerabegleitung und Sander bedeutete Tarek, kein Wort zu sagen. Erst als sie im Parkhaus der Akademie der Künste vor ihrem Dienstwagen standen, brach Sander das Schweigen. „So Tarek, jetzt hast du was gelernt und warst in der Ami-Botschaft.“ Tarek verstand gar nichts mehr. „Ja, aber der Teddy, das war doch…?“ „ein nettes Präsent“ vollendete Sander den Satz und beide mussten herzlich lachen.

**

Karl Sander saß jetzt schon den ganzen Tag über den Stasiunterlagen. So langsam bekam er ein Bild von den Ereignissen der letzten Tage und seine Befürchtungen nahmen Gestalt an. Nur eine Frage stand wie ein Fels in der Landschaft und es gab einfach kein Herankommen. „Warum erst nach dreißig Jahren und wer in aller Welt war Mr. Smith?" Das, was sich Sander dachte und die Bilder, die in seinen Albträumen immer wieder auftauchten, nein - das konnte er sich nicht vorstellen. Sie besaßen nur ein schlechtes Phantombild von einem älteren Mann an der Straßenkante, der vermutlich den Scheeweiß, den Alten von der Parisiusstraße, vor den Bus gestoßen hatte. Ein Allerweltsbild auf Grund der Angaben eines Dönerverkäufers.

Die Lösung des Falls lag in den Ereignissen des Frühsommerabends 1987, die ja Sander hautnah im Allendeviertel beobachtet hatte. Bis jetzt kannte nur er die Zusammenhänge und auch ihm war immer noch einiges unklar. Kreibig und sein Vater, der damalige Polizeichef von Köpenick, passten in das Bild, aber die anderen? Die Müller, Scheeweiß und wer eventuell noch alles? Die waren weder dabei, noch hatte er Zusammenhänge gefunden. Laut der Akten, die hier ungeschwärzt vor ihm lagen, war Bernd Viertel nach Hohenschönhausen verbracht und im Januar 1990 entlassen worden, dann verschwand er restlos von der Bildfläche. Liesel, damals ja schwanger war nach der gesetzlich vorgeschriebenen Schwangerschaftspause ins Frauengefängnis Grünau gekommen. Dann auch verschwunden, keine Unterlagen, nichts. Er konnte nur darauf hoffen, dass seine Freundin Marie Dreger etwas finden würde. Im Dezember oder Januar 1988 musste Liesel ja entbunden haben. Marie war jetzt bei ihrem Studienfreund, der die noch vorhandenen Krankenaktenakten zum Frauengefängnis Grünau durchsehen wollte. Offensichtlich hatte ihr Studienfreund da etwas entdeckt.

Ja, Marie, Sander wusste, dass da in seinem Leben einiges schief gelaufen war. Er musste jetzt erst mal seine eigenen Dämonen vertreiben, die offensichtlich mit der Lösung des vor ihm liegenden Falls und seinem Vater zusammenhingen. Das mit Marie in Ordnung zu bringen sollte danach kommen, einen Versuch schien es wert. Es kribbelte immer noch, wenn er an sie dachte.

Was sah er nicht oder hatte er übersehen? Es lag doch alles vor ihm. Heute Abend würde er Miller von der US-Botschaft treffen. Vielleicht kam dann etwas Klarheit in die Sache. Morgen sollte er seinen Vater beerdigen. Er würde wohl der einzige Trauergast sein, Marie wollte mitkommen. Er würde auch seine neue Kollegin Britta Fuchs mitnehmen. Susi Weiß sollte dafür sorgen, dass der Friedhof an der Rudower Straße überwacht wurde. Man wusste ja nie.

Jetzt bekam Sander so richtig Hunger. Er beschloss, erst einmal etwas Richtiges zu essen und sperrte die Akten in den Tresor. Genau in dem Moment klingelte das Telefon. Es war die Wache. „Hauptkommissar Sander? Hier ist eine Frau Franziska Bankhofer aus München. Sie möchte Sie und nur Sie sprechen, es wäre wichtig.“ Sander reagierte sofort. „Ich komme runter, sie soll warten.“ Franziska? Wie weiter? Sagte Sander nichts. Egal, musste er wenigstens nicht allein essen gehen. Als er runter zum Empfang kam, traute er seinen Augen nicht. Am Empfang stand eine junge Frau so Mitte dreißig, sehr elegant und… was ihn erschrak: Sie kam ihm bekannt vor. Sie war sehr einverstanden, sich in Ruhe beim Italiener an der Ecke mit ihm zu unterhalten. Beim Verlassen des LKA achteten beide nicht auf den älteren Herrn auf der anderen Straßenseite, der sich lächelnd in entgegengesetzter Richtung entfernte.

Obwohl es im „Il Sorriso“ recht voll war und die Kellner alle Hände voll zu tun hatten, kam ihnen Samuele, der Wirt, strahlend entgegen. „Hallo Commissario, lange nicht in meine bescheidene Bistro gewesen. Dann noch heute in solch reizende Begleitung.“ Beide umarmten sich, wie gute Freunde. „Samuele, nun übertreib mal nicht. Es war erst vor ein paar Tagen und von wegen, bescheidenes Bistro.“ An seine Begleitung gewandt: „Das „Il Sorriso“ ist eines der angesagtesten italienischen Restaurants in Berlin und Samuele ein guter Freund.“ Der Wirt zauberte für die beiden einen Tisch am Fenster aus dem Hut.

„So, hier sind wir ungestört.“ Karl musterte sein Gegenüber genau. Sie schien ihm etwas nervös, bedrückt und unsicher. Aber das Aussehen, an wen erinnerte sie ihn? „Am besten wir bestellen erst mal und dann erzählen Sie mir, worum es geht.“ Nachdem sich beide für Dorade auf einem Gemüsebett und eine Flasche Bardolino entschieden hatten, begann Franziska zu erzählen.

Sie erzählte ihm alles, von der Post aus den USA, der Einladung nach Berlin, der Fahrt zum Allendeviertel, vom Treffen mit dem unbekannten, aber sehr sympathischen älteren Mann, den sie schon lange glaubte zu kennen. Sander bat sie dann noch, als sie bereits beim Tiramisu angekommen waren, von sich zu erzählen. Auch dabei ließ sie nichts aus, Kindheit, Jugend in Marzahn, die Eltern, die ihr immer, vor allem der Vater, etwas fremd und unnahbar gewesen waren. Schließlich der Weggang nach München, die Ehe und ihr Leben dort.

„Sagen Sie, Franziska, wie sind Sie auf mich gekommen?“ Sie stutzte kurz und kramte dann in ihrer Tasche. „Ja, das hätte ich bald vergessen. Hier - den Zettel gab mir der nette Herr vor einem Wohnhochhaus irgendwo in Köpenick. Jetzt weiß ich nicht mal seinen Namen, ach doch, ein Mr. Smith aus Baltimore mit perfektem Deutsch.“ Dabei reichte sie Karl Sander einen Zettel über den Tisch:

-Sprich mit Karl Sander, Hauptkommissar im LKA Berlin. Er kann dir alles sagen, was am Mittwoch, den 19.06.1987 in Köpenick im Allendeviertel geschehen ist. Er weiß auch, wer du bist!-

„Commissario, ist Ihnen schlecht?“ Samuele sah besorgt aus. Sander war kreidebleich und zitterte, das, was er jetzt ahnte, wer ihm da gegenüber saß, er glaubte es nicht. Samuele kam mit der Grappa-Flasche wieder. „Hier, der bringt Sie wieder auf den Damm, wie Ihr Deutschen so sagt.“

Dann überlegte Sander schnell, wie jetzt weiter. „Sagen Sie Franziska, wann will sich Mr. Smith wieder mit Ihnen treffen?“ Franziska überlegte kurz. „Morgen, er meldet sich. In Köpenick in einem kleinen Café am

Rathaus. Aber was meint er mit: er weiß auch, wer Sie sind?“

„Ich glaube, das Rätsel sollten wir gemeinsam lösen. Sie, Mr. Smith und ich. Darf ich zum Treffen mit Ihrem.... dazu kommen? Rufen Sie mich bitte an sobald er sich meldet.“

**

Paul Landgraf und Tarek saßen im Büro und schrieben Berichte. Britta Fuchs wühlte sich weiter durch die Akten, irgendwas stimmte hier nicht, nein, überhaupt nicht. Keine DNA–Spuren, keine Fingerabdrücke, nichts, an keinem der Tatorte. Sie waren zwei Tage mit der Spurensicherung alles durchgegangen. Man konnte durchaus davon ausgehen, dass die beteiligten Stasileute Profis waren, aber so sauber, nein, das gab es nicht. Außerdem mussten die Herrschaften ja schon etwas älter sein. Die Spuren, die gefunden wurden, gab es nicht, in keiner Datei, nirgends, auch in den Akten der Stasi - Fehlanzeige. Es war zum Verzweifeln.

Gleichzeitig klingelten die Handys von Britta Fuchs und Tarek. Susi Weiß meldete sich, sehr aufgelöst aus Köpenick. „Wo ist Karl? Ich habe hier was, das wird Euch interessieren. Kann einer von Euch hier raus kommen? Ach, ja und sagt bitte Paul, er soll eine Zielsuche in den Akten nach einem Harald Lehmann starten.“ Tarek und Britta sahen sich an, als wenn sie grade vom Leibhaftigen angerufen worden wären. Britta sprang auf. „Ich fahre raus zu Susi. Ihr beiden startet die Suche nach diesem Lehmann. Tarek, versuche Karl zu erreichen. Wo steckt der nur. Vielleicht erwische ich ihn in Köpenick, habe da so eine Ahnung."

Susi stand bereits vor dem 66. in der Karlstraße und sprang sofort in Brittas Wagen. „Hämmerlingstraße zu Lehmann. Er ist der, und jetzt halte dich fest, der Bruder von Liesel Viertel, geborene Lehmann und damit auch der Schwager von Bernd Viertel. Warum ist uns das entgangen? Der Kriminalrat wird im Dreieck springen, Sauerei." Britta zeigte auf das Eckgrundstück an der Mozartstraße. „Wir sind da. Aber Vorsicht, keine Ahnung, wer oder was uns erwartet." Grundstück und Haus machten einen verlassenen Eindruck. Die beiden Kommissarinnen vergewisserten sich, dass ihre Waffen auch da waren wo sie hingehörten, und genau in diesem Moment klingelte das Handy von Britta Fuchs. „Karl, na endlich. Wo bist du? Neuigkeiten? Ja, die haben wir auch. Komm bitte sofort zur Hämmerlingstraße/Ecke Mozartstraße, alles andere später."

Genau in dem Moment, in dem sie klingeln wollten, wurden sie aus dem Haus beschossen. Britta Fuchs konnte noch blitzschnell in Deckung gehen und die Waffe ziehen, Susi Weiß rutschte getroffen neben der Gartentür zusammen. Britta erwiderte das Feuer ohne zu wissen, auf wen oder was sie da schoss. In dem Moment kam der Audi von Karl Sander die Hämmerlingstraße heruntergerast und hielt voll auf das Gartentor zu. Karl sprang aus dem Wagen und rannte auf das Haus zu. „Was ist mit dir, Susi? " „Nur ein Streifschuss, alles o.k. Schnappt Euch den Kerl." Karl gab Britta ein Zeichen, was so viel bedeutete wie: Du rechts, ich links! „In sieben Minuten ist das SEK da", rief Sander und verschwand hinter dem Haus. Gerade noch rechtzeitig, um den flüchtenden Mann zu sehen, der auf dem Nachbargrundstück verschwand. „Scheiße Sander, dazu bist du zu alt." Er hörte grade noch rechtzeitig Britta rufen: „Karl, da ist noch einer." Sander ging hinter einer Gartenmauer in Deckung und feuerte in Richtung Haus. Dann kamen die Sirenen, das SEK. Noch bevor das SEK das Haus stürmen konnte, zerriss ein gewaltiger Knall die Stille und der Keller des Hauses stand in Flammen.

Wenige Minuten später wurde alles weiträumig abgesperrt, Sprengstoffexperten, KTU und die allseits beliebte Staatsanwältin Dr. Tina Steffens waren vor Ort. Bevor alles in Hektik tauchte, gelang es Sander noch, im 66. Bescheid zu sagen, wohin der Tatverdächtige flüchtete. Noch ein Telefonat: „Frank, wir müssen reden, nur wir beide, heute Abend bei mir. Susi Weiß geht's es den Umständen entsprechend, ist auf dem Weg ins Krankenhaus."

„Sag mal Karl, was ist denn um Gottes Willen hier los?" „Ja, Tina, sieht man das nicht? Aber am besten du redest mit Britta Fuchs. Ich bin auch erst später dazugekommen."

„Sander!" Der Chef des SEK kam auf ihn zu. „Wir haben im Haus eine Leiche gefunden, weiblich und nicht durch die Explosion ums Leben gekommen – Kopfschuss." Sander sah ihn an wie einen Außerirdischen. Also Gerichtsmedizin, aber wen? Marie war nicht erreichbar. Sander griff zum Handy: „Prof. Weinert, ich…" Weinert ließ ihn nicht ausreden: „Ich komme selbst, mit einem Streifenwagen sollte ich es in einer halben Stunde schaffen, alles so lassen. Fasst nichts an und sichert den Tatort!“

**

Noch bevor die Feuerwehr eintraf konnten SEK und Polizei das Feuer eindämmen. Die Explosion war vom Keller ausgegangen. Ein Statiker, den das LKA sofort rief, gab alles recht schnell frei und alle, von der Gerichtsmedizin bis zur Spurensicherung, nahmen ihre Arbeit auf. Sander sauste von einer Gruppe zur nächsten und wäre dabei fast über einen Streifenpolizisten neben der Leiche gestolpert. „Sind Sie Hauptkommissar Sander?“ „Ja…und wer sind Sie und was machen Sie hier? Spuren zertrampeln?“ „Hauptwachtmeister Schneider vom 66. Ich kenne die Frau, habe sie schon mal gesehen.“ Sander stand wie vom Blitz getroffen neben dem jungen Polizisten. „Kommen Sie, wir gehen raus, erzählen Sie.“

„Es war vor ca. drei Wochen, die Leiche im Luisenhain, der Kreibig Mord, Sie erinnern sich. Mein Kollegin und ich waren als Erste am Tatort. Wir blieben fast den ganzen Tag dort, Sicherungsaufgaben und so weiter. Da ist mir eine Frau aufgefallen, Mittelgroß, Anfang fünfzig, die sich auffällig verhielt und lange um das abgesperrte Areal schlich. Ich habe das damals einem Ihrer Kollegen, so arabisch aussehend, zu Protokoll gegeben.“ Tarek, dachte Sander so bei sich, na warte, wieso weiß ich davon nichts und an den

Polizisten gewandt: „Bitte warten Sie einen Moment.“ Sander griff zum Handy, zuerst das 66.: „Ja, Sander LKA hier, schicken Sie bitte Ersatz für den Kollegen Schneider, ihn nehmen wir mit ins LKA, wichtiger Zeuge.“ Nächste Nummer: „Paul, schnapp dir einen Dienstwagen und komm nach Köpenick. Hier nimmst du einen Hauptwachtmeister Schneider mit. Du, Max und Schneider an die Computer und Ermittlungsakten. Ich will alles über Harald Lehmann wissen: Familie, Freunde, wann er das letzte Mal seine Unterwäsche wechselte, verstehst du, einfach alles! Vorher gehst du bitte zum Kriminalrat Winter und bittest ihn, Hauptwachtmeister Schneider während der Zeit der Ermittlungen im Fall Kreibig/Lehmann uns zuzuteilen.“

„Sie haben es gehört, Kollege Schneider, ab sofort LKA, bis auf weiteres. Alles andere vom Kollegen Landgraf, der Sie gleich abholt.

„Hallo Herr Professor, kommen Sie bitte mit. Ich brauche alles zu der Toten…“ Professor Weinert gab Sander die Hand: „Ich freue mich auch, Sie zu sehen, Herr Hauptkommissar. Was meinen Sie, warum ich hier bin? Was macht übrigens meine Assistentin Frau Dr. Dreger? Sie sollte für Sie etwas recherchieren. Darüber wird noch zu reden sein.“ Weg war der Professor in Richtung Leiche.

„Sander!“ Die Stimme des SEK-Chefs war nicht zu überhören. „Kommen Sie, wir haben hier was für Sie!“ Sander ging mit dem Kollegen vom SEK runter in den Keller. Dort beendeten grade die Statiker ihre Arbeit. „Die Explosion hat kaum Schaden angerichtet, hier im Vorraum ist eine Granate oder ähnliches gezündet worden und noch eine auf der Kellertreppe. Den Flur hat es abgefackelt, deshalb auch die Flammen, aber kein Schaden am Gebäude oder der Statik, Bericht folgt.“ Damit verabschiedeten sich die beiden Fachleute. In der Zwischenzeit war der Kommandeur der Feuerwehr dazugekommen. „Aber sehen Sie hier, wenn die Explosion nur etwas stärker oder mehr hier in der Mitte gezündet worden wäre, dann würden wir hier nicht mehr stehen.“ Die Feuerwehrleute hatten schon die Verbindungstür zu den anderen Kellerräumen aufgebrochen. Was Sander und Britta Fuchs, die in der Zwischenzeit dazukam, jetzt sahen, verschlug ihnen die Sprache. Zwei relativ große Räume, vollgepackt mit Waffenkisten, Munitionskisten und vielem mehr. Ein Kollege vom Sprengstoffteam in voller Montur versperrte ihnen den Weg. „Hier kann erst mal keiner rein, und bis wir fertig sind und alle Gefahren ausschließen können, müssen alle aus dem Haus raus, alle, auch aus der oberen Etage.“

Prof. Weinert beendete grade seine Vorort-Arbeit an der Leiche und ließ sie in die Pathologie überführen. Das SEK rückte ab und die Polizisten vom 56. sicherten das Haus.

Paul Landgraf war schon mit Kollegen Schneider auf dem Weg ins LKA. „Sag mal Britta, wo ist eigentlich Tarek?“ Britta zuckte nur mit den Schultern. „Sag ihm, ich will ihn sprechen, heute noch und zum Thema: Aussage Hauptwachtmeister Schneider, dazu soll er sich eine sehr gute Begründung oder Ausrede einfallen lassen.“

In dem Moment erhielt er eine Nachricht über Whats App: es war die Gerichtsmedizinerin Frau Dr. Dreger: „Karl, wir müssen reden, ich habe interessante Neuigkeiten. Komme heute Abend zu dir. Grüße Marie."

**

Klarheit kam in diesen Fall augenscheinlich nicht mehr. Sander wusste, dass er da mittendrin steckte. Nach dreißig Jahren hatte ihn seine eigene Geschichte eingeholt. Er wusste aber auch, dass, wenn er sein Leben wieder in den Griff bekommen wollte, jetzt die Gelegenheit dafür war. Die letzte Begegnung und der Tod seines Vaters vor kurzem, ein Anfang, aber was kam da noch? Alles Gedanken, die er durchging, als er auf Miller von der US Botschaft wartete. Sie wollten sich im Ratskeller Köpenick treffen und anschließend noch auf ein Bier bei Peter im Anker vorbeischauen. Miller hatte die Kneipe ins Herz geschlossen, als er das erste Mal bei seinem deutschen Kollegen Sander in Köpenick gewesen war. Als Miller schließlich kam, entging es Sander nicht, dass er irgendwie verschlossen schien. „Karl, ich habe keine Zeit. Wir müssen auch sehr vorsichtig sein. Lass uns ein Stück spazieren gehen, länger als dreißig Minuten habe ich nicht." Also gingen sie auf die Schlossinsel, setzten sich dort auf eine Bank und Miller erzählte. „Das ist die offizielle Story von Mr. Smith", beendete er das Gespräch. „Er ist also kein Mörder, hat diplomatischen Status und steht unter dem Schutz der CIA. Keine Chance für Euch, Karl!"

Genau nach einer halben Stunde verabschiedete sich Oliver Miller und stieg in einen Botschaftswagen, der vor der Schlossbrücke wartete. „Nichts für ungut, Karl, wir sind Profis, du verstehst das doch? Wenn das alles vorbei ist, besuchst du mich in den USA, versprochen. Aber bis dahin sehen wir uns erst mal nicht mehr."

Karl stand auf der Brücke und kam sich vor, als ob er grade mit voller Kraft von einem Brückenpfeiler getroffen würde. Was hatte er eben erfahren? Viel nicht gerade. Eigentlich gar nichts. Er griff sich sein Handy und wählte die Nummer seiner Freundin Marie. „Sehen wir uns noch heute?"

Aber auch das ging schief. Marie und der Professor würden die ganze Nacht an der weiblichen Leiche aus der Hämmerlingstraße „schnippeln" – Ergebnisse frühestens morgen Mittag. Jetzt war Karl Sander richtig sauer. Von Miller hatte er nichts erfahren, was er nicht schon wusste oder was für seinen Fall sowieso irrelevant war. Marie saß in der Pathologie fest. Also wieder Handy: „Britta, was gibt es Neues und wo ist Tarek?" Kurze Pause. „Die ersten Ergebnisse der KTU sind da, Fingerabdrücke jede Menge, durchaus auch Überraschungen, die DNA–Profile brauchen noch. Wir besorgen grade die Vergleiche. Jetzt halte dich erst mal fest: Wir haben Fingerabdrücke von einem Vermissten oder Toten gefunden. Genau – Harald Lehmann, der ehemalige Hausbesitzer und Bruder von Liesel Viertel. Würde mich nicht wundern, wenn wir auch seine DNA finden. Was ist das bloß für ein Scheißfall? Tarek sitzt noch über den Akten und hat vor dir Schiss." Sander musste lächeln und wusste, dass Tarek jetzt neben ihr stand.

„Dann bis morgen früh 08:00 Uhr zur Dienstberatung."
Sander legte auf.

So, jetzt wollte er nur noch ein Bier bei Peter und ab ins Bett. In genau diesem Moment meldete sich wieder das Handy. „Franziska Bankhofer hier, Sie erinnern sich? Ich sitze hier mit einem guten Bekannten von Ihnen, der sie gerne sehen möchte." Sander musste schlucken. Jetzt war es also soweit. Er schaute auf die Uhr - 20:00 Uhr, nichts mit einem Bier bei Peter. Das würde ein langer Abend werden.

„Wo sind Sie?"
„Kommen Sie zum „Penta-Hotel" ins Restaurant."
Sander überlegt kurz. „Bin gleich da."

**

Karl Sander verblieb noch eine halbe Stunde bis zu dem wohl wichtigsten Treffen in seinem bisherigen Leben. Jetzt musste er noch mit dem wichtigsten Menschen sprechen, den er noch hatte: „Ja, Karl was gibt es?" meldete sich Marie. „Hallo Marie, weißt du, wen ich gleich treffe?" Kurze Pause. „Ja, Karl, weiß ich. Es ist deine große Chance, dein Leben auf die Reihe zu bringen. Nutze sie, sie kommt nicht wieder und lass den Polizisten draußen, egal was passiert. Da muss nur der private Karl Sander durch. Aber vorher höre mir nur noch schnell zu." Jetzt sprach die Gerichtsmedizinerin Dr. Dreger und erzählte Sander erst einmal, was ihr Studienfreund in den medizinischen Unterlagen im

Stasiarchiv gefunden hatte. Es gab mehrere Vorfälle, die sich in den Frauenknast nach Berlin Grünau verfolgen ließen, aber ein Selbstmord deckte sich mit dem Fall `Liesel Viertel`. Keine Namen, nur Nummern, aber Datum und Uhrzeit stimmten. Es fand sich auch die Bemerkung: „Den diensthabenden Genossen ist ein Fehler unterlaufen, der nur durch das schnelle umsichtige Handeln von Genossen Sander keine größeren Probleme verursachte.“ Das Dokument endete mit dem Satz: Die verantwortliche Schließerin wurde wegen Verstoßes gegen…. zur Verantwortung gezogen. Sie erhielt ein Bewährungsstrafe: Totschlag wegen Unterlassung, wurde aus dem Dienst entlassen und aus der Partei ausgeschlossen.

Karl Sander schwanden fast die Sinne. „Das ist der Beweis, der Kreibig und mein Vater waren es, die Schweine.“ Marie überlegte kurz, ob sie ihm noch den zweiten Sensationsfund sagen sollte. „Karl, noch was, die Tote in der Hämmerlingstraße, wir wissen noch nicht genau wer sie ist, aber die DNA stimmt zu über 90% mit der DNA von dem Kreibig überein. Also eine Verwandte, und zwar ersten Grades. Sie war seine Tochter. Die Fingerabdrücke und die zweite DNA – Harald Lehmann. Alles Weitere morgen zur Dienstbesprechung. Karl, bitte ruf mich nach deinem Treffen an, egal wann.“

Karl Sander lief wie in Trance über die Schlossbrücke. Er hatte keinen Blick für das Farbenspiel, das die untergehende Sonne zwischen Schloss und Dahme veranstaltete. Für ihn stellte sich die Frage, warum er auch von seinem Freund Winter auf eine falsche Spur geschickt worden war. Ja sicher, es gab den Waffenhandel, den Araber-Clan in Neukölln, den Bunker in Gosen, Bunker Charly und dessen Tod im Knast, aber das alles hing in keiner Weise mit den anderen Morden und dem Fall der Familie Viertel vor dreißig Jahren zusammen. Langsam dämmerte ihm etwas: Man wollte ihn schützen, und erst als sein Vater in dem Pflegeheim in der Parisius Straße eines natürlichen Todes gestorben war, wurde der Waffenhandel abgetrennt und Tarek darauf angesetzt. Jetzt schienen einige Zusammenhänge klarer, die er vorher nicht sah: Anfangs schien er, der leitende Hauptkommissar im LKA, verdächtig, einen Rachefeldzug in Köpenick veranstaltet zu haben. Aber wer hatte ihn entscheidend entlastet? Bernd Viertel, der jetzt Smith hieß, und seine Kontakte in die amerikanische Botschaft? Britta, seine neue Kollegin, was war ihr in den Stasi Unterlagen aufgefallen? Alles Fragen und keine Antworten - noch nicht.

„Kann ich Ihnen helfen?" Sander stand mitten im Empfang des PENTA – Hotels. Die freundliche Rezeptionistin sah ihn fragend an. „Ja, eine Franziska Bankhofer erwartet mich." „Ach Sie sind Herr Sander! Dort am Fenster mit dem älteren Herrn, sehen Sie."

Da saßen sie, in angeregtem Gespräch vertieft, sein Jugendfreund und Nachbar Bernd Viertel und Franziska, dessen Tochter. Sander erkannte seinen Freund sofort, obwohl über dreißig Jahre vergangen waren, als er ihn das letzte Mal in Handschellen aus dem Haus kommen sah und sich auch die Welt des damaligen Oberleutnants der K, Karl Sander total veränderte. Langsam ging er auf den Tisch zu. Die beiden hatten sich wohl sehr viel zu erzählen und ihn noch nicht bemerkt.

„Entschuldigen Sie, Frau Bankhofer, da bin ich und das ist wohl Mr. Smith?“ Bernd Viertel tat so, als bemerkte er ihn nicht, drehte sich dann zu ihm um: „Hallo Karl, hättest dich während der langen Zeit auch mal melden können.“

„So ist es Bernd, du aber auch.“ Dann lagen sich beide in den Armen. Als sie sich nach einer gefühlten Ewigkeit losließen, bemerkte die erstaunte Franziska: „Ach - Sie kennen sich. Das wusste ich ja gar nicht?!“ Bernd Viertel bekam rote Ohren, wie ein Schulbub, den man beim Schwindeln erwischt hatte. Karl Sander lachte los: „Ja sicher kenne ich Ihren/deinen Vater, schon länger als du auf der Welt bist.“ Bernd konnte grade noch zur Seite springen und seine Tochter auffangen, der kurz die Sinne schwanden. Als sie alle wieder am Tisch saßen bemerkte Karl nur: „Er hat dir also noch nichts gesagt?“ - „Nein natürlich nicht.“ Bernd Viertel/Smith bestellte erst mal drei Whiskys zur Begrüßung. Dann gab es viel zu erzählen, sehr viel. Die ganze Geschichte, dreißig Jahre Recherche mit Hilfe der Amerikaner. „Ich war einer der Ersten, die im Dezember 1989 aus Hohenschönhausen entlassen wurde. Von da an habe ich meine Liesel, und als ich es dann wusste, dass sie ein Kind geboren hatte, auch dich, Franziska gesucht. Ich hatte nur herausbekommen, dass Liesel nach dem Prozess wegen Republikflucht offiziell entlassen in ein Mutter-Kind-Heim unter Aufsicht der Stasi verbracht wurde, unser Kind, dich Franziska bekam und dann nach den gesetzlich vorgeschriebenen sechs

Wochen allein, ohne dich, in die Strafvollzugsabteilung für Frauen nach Köpenick, Grünauer Straße kam. Dort soll sie sich das Leben genommen haben. Natürlich wurdest du, Franziska ihr zuvor weggenommen und zur Adoption freigegeben. Deine Geburtsunterlagen wurden gefälscht, so dass es mir sehr schwer fiel, dich zu finden. Ich bin im Januar 1990 in die USA gegangen und erst jetzt in dieses Land zurückgekommen. Ohne die Amerikaner, denen ich im Gegenzug mein gesamtes Wissen über die Forschung und Entwicklung der militärischen Elektronik des Funkwerkes überlassen habe, wäre ich nie so weit gekommen." Noch drei Stunden saßen sie im Hotel zusammen, um dann zu Peter in den „Anker" zu wechseln. Dort saß man noch bis 03:00 Uhr zusammen. Bernd hielt fast die ganze Zeit die Hand seiner Tochter, die nur mal kurz die Runde verließ, um ihrem Mann in München die Neuigkeiten mitzuteilen.

Diese Gelegenheit nutzte Karl Sander, die für ihn entscheidende Frage zu stellen. „Warum hast du mir immer vertraut? Ich hätte doch auch der sein können, der euch verraten hatte?" Bernd überlegte kurz: „Nein, hättest du nicht, du wusstest nichts, zu deinem Schutz. Weißt du übrigens, wer damals die meisten Verhöre geführt hat? Dein Vater! Als er dann einmal sagte, dass du ja alles ausgesagt hast, wusste ich, du warst es nicht. Aber du hast etwas geahnt, oder?" Sander grinste: „Ja, ich wusste es, von Liesel. Aber bevor ich meinem Vater etwas gesagt hätte, wäre ich eher vom Hochhaus gesprungen." Jetzt war es Bernd, der staunte. „Woher wusstest du, dass es Scheeweiß war?" In dem Moment kam Franziska zurück mit dem Handy in der Hand:

„Papa, mein Mann möchte mit seinem Schwiegervater sprechen."

Als Karl Sander dann schließlich zu Hause war, kam nur noch ein Gedanke immer wieder: „Fünf Tote und Bernd der Mörder, niemals!" Dann schlief er ein, fest, ohne Träume, leider nur bis das Telefon klingelte nach drei Stunden. „Britta hier, wir haben eine Leiche. Bei dir in direkter Nachbarschaft. Alfred-Rand-Straße 15, Rita Kerner, erschossen." Sander fragte nur: „Wann?" „Dr. Dreger meint, so zwischen sieben und acht gestern Abend" erwiderte Britta. „Sie hat übrigens sehr schlechte Laune." Sander fiel es wie Schuppen von den Augen. Er hatte den Anruf vergessen, aber um 03:00 Uhr morgens? So, Bernd konnte es nicht gewesen sein, wenn die Tote überhaupt etwas mit dem Rachefeldzug zu tun hatte.

**

Sander nahm erst einmal eine eiskalte Dusche, um wieder klar denken zu können. Das war gestern die aufregendste Nacht für ihn seit 1987. Aber irgendwie auch erlösend und befreiend. Über Schuldgefühle, egal welcher Art, vor allem gegenüber seinem Vater, brauchte er sich keine Gedanken mehr zu machen und er selbst hatte nichts falsch gemacht, die ganze Zeit nicht. Allerdings gab es noch zwischen ihm und dem Kriminalrat Klärungsbedarf. Aber das war jetzt auch egal. Langsam kamen die Geister wieder. Eigentlich sollte er längst am Tatort sein, aber getreu der Devise: Tote haben alle Zeit der Welt, trank er noch seinen doppelten Espresso und machte sich dann auf den Weg in die Alfred-Rand-Straße 15. Jetzt sollten die Morde endlich aufhören. Da hatten sich die Kollegen mal ordentlich verspekuliert und spätestens seit der Explosion in der Hämmerlingstraße schien klar: Waffenhandel und Rachefeldzug, von wem auch immer, gehörten zusammen und es gab Sanders Meinung nach nur einen, der Licht in die Sache bringen konnte, sein Freund Bernd, den neuen Mr. Smith. Zwei Fragen blieben: war die Tote in der Villa wirklich die Tochter von Kreibig, in der doch eigentlich Harald Lehmann wohnen sollte, und wer war der Mann, der vom Tatort vor der Explosion geflüchtet war? – Harald Lehmann?

Zwei Telefonate mussten geführt werden. Zum einen mit Bernd und dann mit Max, dem Einzigen, der Licht in die Sache bringen konnte. Mit Bernd verabredete sich Sander für den Abend im „Adlon“, darauf bestand Bernd, und Max bekam den Auftrag, alles über Harald Lehmann und die mysteriöse Frauenleiche aus der Hämmerlingstraße herauszubekommen. „Max, wir sehen uns heute Mittag im „Il Soriso“, vorher zu niemandem etwas über deine Ergebnisse.“ Sander war am Tatort angekommen.

„Hallo Marie, entschuldigen ist wohl sinnlos? Ich mache es trotzdem und bekenne mich in allen Anklagepunkten schuldig.“ „Schon gut, Karl.“ Sander atmete durch. Doch nicht so schlimm. „Marie, heute Abend im Adlon?“ Marie grinste ihn an: „Ich weiß, Dein Freund Bernd hat mich schon eingeladen. Dumm gelaufen. Aber jetzt zu unserer Toten: Rita Kerner, etwa sechzig

Jahre alt, erschossen, hingerichtet durch Kopfschuss. Diesmal hat sich der Täter keine Mühe gegeben, Fingerabdrücke, ich nehme mal an auch DNA, alles da. Die Fingerabdrücke stimmen schon mal mit denen in der Hämmerlingstraße überein. Schmauchspuren, hier siehst du: Waffe aufgesetzt. Ein Schuss, Projektil steckt noch, kein Austritt. Da wollte einer ganz sicher gehen." Sander rief nach Britta Fuchs: „Britta, ich will alles bis morgen früh auf meinem Tisch haben. Und vergleiche mit allen anderen Morden von Kreibig bis zu unserer heutigen Toten. Britta, wo ist eigentlich Tarek, egal, schnapp Dir ein paar Beamte und Befragung aller Bewohner, wer war diese Kerner, wer kannte sie, das ganze Programm. Hört das denn nie auf?! Ich will den Täter, bevor Köpenick ein Bevölkerungsproblem bekommt und… nichts an die Presse, kein Wort." Sander war warm gelaufen.

„Herr Hauptkommissar, ich habe da was für Sie." Sander drehte sich um. „Kollege Schneider, was gibt es?" Schneider, noch vor ein paar Tagen ein einfacher Streifenpolizist im 66., hatte noch nie einem Hauptkommissar Bericht erstattet. Entsprechend groß seine Aufregung. „Ich war die ganze Nacht bei meinen Kollegen im 66. und habe mich über Harald Lehmann schlau gemacht. Ich hatte da so eine Ahnung und ich lag richtig." Sie traten beide einen Schritt zur Seite. „Und, Kollege Schneider, was haben Sie herausgefunden? Kurzfassung, Langfassung schriftlich bis morgen früh." Oberwachtmeister Schneider zog einen kleinen Notizblock aus der Jacke. „Also, die Tote aus der Villa in der Hämmerlingstraße heißt Tanja Lehmann, geborene Kreibig, geboren 1968 in Köpenick, verheiratet mit Harald Lehmann seit 1980, wohnhaft, …aber das wissen Sie ja. Jetzt wird es interessant. Harald Lehmann ist vor etwa zehn Jahren verschwunden. Es liegt eine Vermisstenanzeige vor, aber nicht von seiner Frau, nein, von einem seiner Vereinskollegen aus dem Kegelclub, seine Frau bestritt immer, dass er verschwunden sei. Bei Nachbarn und Kollegen hielt sich das Gerücht, dass man ihn ermordet habe und die Leiche verschwunden sei. Er wurde auch nie mehr in seinem Haus gesehen. Da es weder Beweise gab und auf Grund der Aussagen seiner Frau wurde die Suche nach einem Jahr 2010 erfolglos eingestellt. Aber jetzt, Herr Hauptkommissar, Liesel Viertel, die ja immer wieder von Ihnen und Ihren Kollegen in Zusammenhang mit der Mordserie erwähnt wurde, war eine geborene Lehmann, sie ist seine Schwester gewesen. Für diese Vorgänge hatte sich nie jemand interessiert, bis vor fünf Jahren eine Anfrage zu den genannten Personen vom BKA kam. Mein Chef ließ durchblicken, dass da die Amerikaner dahinter steckten. Deshalb befanden sich die Unterlagen zu dem Vermisstenfall Lehmann auch nicht mehr im Archiv." Karl Sander war fertig mit der Welt. Während das halbe LKA Berlin sich die größte Mühe gab, die Morde im Clan Milieu zu verorten und seine eigene Truppe sogar anfangs ihren eigenen Chef unter Verdacht gestellt hatte, kam ein Streifenpolizist aus Köpenick des Wegs und löste den Fall fast im Alleingang.

„Kollege Schneider, Sie haben hier Großartiges geleistet. Sagen Sie mal, was halten Sie davon, in mein

Team zu kommen? Bei uns wird eine Stelle frei. Denken Sie darüber nach. Wir reden noch. Natürlich stünden noch drei Jahre Ausbildung vor Ihnen, neben dem Job im LKA. Überlegen Sie genau, bis dahin bleiben Sie bei uns, abkommandiert gewissermaßen."

Paul Landgraf kam auf sie zu. „Karl, halt dich fest, die Leiche, Karin Kerner, war zu DDR-Zeiten Aufseherin im Frauenknast in der Grünauer Straße 140. Habe ich eben von einem Nachbarn erfahren."

**

Oberkommissar Paul Landgraf und Hauptwachtmeister Schneider saßen bei Max vor dem Computer und waren sprachlos. Max hatte sich in das Archiv der Staatsanwaltschaft der DDR, Abteilung politische Fälle eingehackt und nach einer schlaflosen Nacht fand er das Protokoll der Hauptverhandlung vor dem Bezirksgericht Berlin gegen die Beschuldigte: Liesel Viertel, geb. Lehmann vom 27.7. 1987.

Das Gericht war wie folgt zusammengesetzt:

Vorsitzender Richter Dr. Fritz Büchner (SED)

Schöffen: ….. (SED)

Staatsanwalt: (geschwärzt) (SED)

Die Verteidigung oblag dem Rechtsanwalt R. vom Kollegium der Rechtsanwälte Berlin. Zeugen und Sachverständige waren nicht anwesend.

Entsprechend der üblichen Verfahrensweise wurde der Prozess unter Ausschluss der Öffentlichkeit durchgeführt. Anwesend waren lediglich vier leitende Genossen der Kreisdienststelle des MFS Köpenick.

Die Verhandlung lief ohne besondere Schwierigkeiten. Die Beschuldigte war geständig. Die Prozessführung durch Richter Büchner verlief gut. Er verwies besonders auf die mangelhafte politische Erziehungsarbeit von Leitungskadern im Funkwerk Köpenick. ……. Vermerk: Genosse Dr. Büchner weigerte sich Frau Liesel Viertel nach § 249 (assoziales Verhalten) zu verurteilen. Er sah dafür keine Voraussetzungen (unleserliche Unterschrift).

Seite 6: Im Namen des Volkes ergeht folgendes Urteil:

Liesel Viertel wird wegen erwiesener und geplanter Republikflucht § 213 zu drei Jahren Gefängnis verurteilt. Die Strafe ist sechs Wochen nach der Geburt ihres Kindes in der Strafvollzugsabteilung für Frauen in der Grünauer Straße in Köpenick anzutreten. Bis dahin muss sich Frau Viertel in einem Mutter-Kind-Heim in ……. aufhalten. Kontakte nach außen sind ihr nicht erlaubt.

„So, das ist das Protokoll. Aber noch wichtiger. Dieser Richter Büchner lebt noch und wohnt in Kaulsdorf. Leute! Wenn wir das rausbekommen haben, dann kann das unser „Rächer" auch. Also wir sollten handeln."

Am gleichen Abend, an dem es den Polizisten im LKA wie Schuppen von den Augen fiel und sie die Lösung des Falls vor sich sahen, klingelte es an der Haustür eines kleinen Einfamilienhauses in Kaulsdorf. Vor der Tür stand Bernd Viertel und sah in die Augen des Richters, der vor dreißig Jahren seine geliebte Liesel verurteilt hatte. Der alte Mann, der ihm öffnete, sah gebrochen, verhärmt und verzweifelt aus. Bernd schätzte ihn auf etwa achtzig Jahre. „Darf ich Ihnen ein paar Fragen stellen zu einem Prozess vom Juli 1987?“ Der alte Mann erschrak etwas, bekam sich aber sofort wieder in den Griff. „Kommen Sie rein! Sie müssen Bernd Viertel sein, der Mann von Liesel.“ Bernd saß der Schreck tief in den Knochen. „Woher wissen Sie?“ Der alte Mann ging voraus in ein bescheidenes Wohnzimmer. Sie setzten sich und dann begann der gefürchtete Richter Dr. Büchner zu erzählen.

Er erzählte ihm alles, quasi sein ganzes Leben und vom Prozess, den Vorgaben der Stasi und seinem Ende als Richter, als er sich weigerte, die Zwangsadoption des zu erwartenden Kindes mit in das Urteil wegen „Asozialität“ aufzunehmen. „Sie haben mich und meine Familie bedroht. Vor unserem Haus stand jede Nacht ein Lada mit vier jungen Männern vor der Tür. Ich begann, mich von einem treuen Anhänger des Sozialismus und der DDR zu einem Zweifler und schließlich Hasser dieses Staates zu entwickeln, dem ich doch so lange gedient hatte. Aber diese beiden Typen, der Kreibig und der Stasimajor Sander, ließen nicht locker, bedrohten mich auch noch nach der Wende. Ich hätte nie gedacht, dass ich mich einmal freuen könnte, als das alles im November 1989 unterging. Sie wollten doch wissen, warum ich Sie erwartete und kannte. Kommen Sie mit.“ Der alte Richter führte Bernd Viertel in einen Nebenraum voller Bücher. An der einen Seite lagen gestapelt bis unter die Decke Schnellhefter und Akten.

„Sehen Sie, ich habe jeden meiner Prozesse protokolliert, alles aufgeschrieben und war immer der Meinung, richtig gehandelt zu haben, aber das war falsch und hat mir viele schlaflose Nächte und Albträume verschafft, am Ende fast jede Nacht. Hier - nehmen Sie. Sie sind seit dreißig Jahren der Erste, der mir Fragen stellt. Ich werde mich nicht bei Ihnen entschuldigen, das muss ich nicht, aber ich möchte mich bedanken, dass Sie gekommen sind."

Bernd sah auf den alten vergilbten Hefter und las: Strafsache Liesel Viertel – Republikflucht abgeschlossen am 30.07.1987 – Verurteilung: Drei Jahre. Er merkte, dass seine Beine drohten ihren Dienst zu versagen und es ihm schwindlig wurde. „Kommen Sie." Der alte Richter ging mit ihm wieder ins Wohnzimmer. Er holte eine Flasche russischen Wodka aus der kleinen Kommode und schenkte ein. „Sie haben alles kaputt gemacht, diese Verbrecher, die nichts verstanden hatten was Marx und Lenin eigentlich wollten." Beide kippten die „Stogramm" Wodka hinunter und Bernd Viertel verabschiedete sich in die Nacht.

Der Richter leerte noch die Flasche Wodka und konnte in dieser Nacht sehr gut schlafen. Albträume hatte er keine mehr, aber es war für ihn noch nicht vorbei.

**

„So, Karl hast du dich jetzt beruhigt? Es galt deinem eigenen Schutz, dich etwas bei den Ermittlungen außen vor zu lassen. Du stecktest da mitten drin, es war deine Vergangenheit, dein Leben. Ich habe dich aber wegen etwas anderem sprechen wollen: Tarek wird uns verlassen, er wechselt zum BKA, Ermittlungsgruppe Clankriminalität. Sie wollen ihn dort eventuell undercover einsetzen. Ich habe hier die Bewerbung eines Hauptwachtmeisters Schneider, der sich auf dich beruft. Er ist also der Beamte, der wesentlich zur Lösung unseres derzeitigen Falls beigetragen hat?“ Karl setzte sich dem Kriminalrat gegenüber, atmete durch, noch immer war er sehr erregt und sauer. „Ja, er ist ein sehr guter Mann. Natürlich muss er noch die Ausbildung neben dem Dienst durchlaufen, aber im Team schafft er das. Von Tarek oder Britta Fuchs hätten wir uns sowieso trennen müssen, da bei denen was privat läuft.“ Frank Winter blätterte in der Mappe, die vor ihm lag und sagte nur: „Ok. Kümmere dich drum, Beurteilungen usw., da fehlt noch einiges. So, jetzt lass uns zur Dienstberatung gehen. Ich werde die Kollegen zu Tarek informieren und dann brauchen wir Ergebnisse. So wie ich das jetzt sehe, läuft alles auf eine Person hinaus: Harald Lehmann. Wissen wir, wo er ist? Nein, Sche….., dachte ich mir. Wieso ist diese Tanja Lehmann damit durchgekommen, ihren Mann über zehn Jahre verschwinden zu lassen?“ Karl Sander stand auf. „Sie hat ihn nicht verschwinden lassen, er ist verschwunden und er hat augenscheinlich seine eigene Ehefrau hingerichtet und sein Heim, das Zentrum der Waffenschieber, fast in die Luft gejagt. Dass es dabei nicht zu einer Katastrophe gekommen ist, verdanken wir nur einem Zufall.“

In dem Augenblick klopfte es und die Sekretärin und goldene Seele der Abteilung 11, Renate Klein, kam mit einem Stapel Akten herein. „Hier, Herr Kriminalrat, alle Akten, außer denen aus der Gerichtsmedizin, die bringt der Professor selbst mit zur Beratung. Es ist alles aufbereitet. Hauptkommissarin Fuchs und ich haben alles sortiert und geordnet. Es fanden sich an allen Tatorten übereinstimmende Fingerabdrücke einer uns unbekannten Person und nicht zuzuordnende DNA. Nur im Fall Scheeweiß, der „Unfall" von der Bahnhofsstraße, nichts, nur das Hämatom an der linken Schulter, und wie gesagt - alles andere hat Britta und der Leiter der Spurensicherung."

Karl Sander wirkte abwesend. „Karl, alles in Ordnung?" Sander schreckte hoch. „Ja, Frank, sag mal, könnt Ihr das jetzt ohne mich machen? Britta weiß über alles sowieso bestens Bescheid. Ich muss dringend zu Max. Ich glaube, wir stehen kurz vor der Lösung des Falls. Er hat den Schlüssel." Der Kriminalrat wirkte irritiert. „Na gut, aber heute 16:00 Uhr muss ich vor die Presse, und ohne Ergebnisse, und da meine ich konkrete Ergebnisse, sind wir alle tot!" Die zerreißen uns." Karl Sander wendete sich an seine Sekretärin: „Wo ist Kollege Schneider, der Neue?"

„Bei Max, seit gestern Abend, er wollte ihn dabei haben, wegen der Ortskenntnisse „im fernen Osten", wie er sagte."

Schon stürmte Karl aus dem LKA und kam gerade rechtzeitig, um die beiden vor dem Italiener abzufangen. „Nicht essen, einsteigen, ich habe ein ganz ungutes Gefühl. Max, informiere mich, was hast du gefunden, wo ist Lehmann?“ Sander hörte nur halb hin und schaute entsetzt auf sei Handy und wählte dann eine Nummer von einem Zettel, den er aus der Hosentasche zauberte: „Bernd, ich brauche deine Hilfe, jetzt sofort. Wie heißt der Richter in dem Prozess gegen Liesel? Was, du warst bei ihm, vorgestern? Zieh dich an und komm sofort nach Kaulsdorf, ich brauche dich dort.“ - In der Zwischenzeit waren Paul, Max und Hauptwachtmeister Schneider im Büro des Kriminalrats eingetroffen. Max, hast du die Adresse? Her damit.“ Nächstes Telefonat: „Hauptkommissar Sander hier, ich brauche das SEK, Krankenwagen und Feuerwehr nach Kaulsdorf“, es folgte die Adresse. Noch ein Anruf ins 66. „Alles was Ihr habt nach Kaulsdorf. Was, nicht zuständig? Das klären wir später! Es geht um Leben und Tod. Dann bringt die Zuständigen mit.“ An Schneider auf den Rücksitz gewandt: „Sind die immer so? Haben Sie ihre Dienstwaffe dabei?“ Jetzt meldete sich Max: „Ich habe keine!“ Sander schüttelte nur den Kopf. „Du bleibst im Auto am Telefon und informierst den Kriminalrat. Da vorne ist es. Alles ruhig. Los Schneider, wir gehen vor und Max, wenn das SEK kommt, Abstand halten, wenn Lehmann da drin ist, darf er nichts merken. Gib durch, auch für die Rettungswagen und die Feuerwehr, Blaulicht aus, Signale aus, keinen Mucks.“ Da das Taxi, das ist Bernd. Sander winkte ihn ran. „Bernd, du wartest hier im Wagen. Dein Schwager ist da drin und was er vorhat, weißt du sicher.“

**

„Das Fenster da links ist offen. Ich versuch es da. Schneider, Sie gehen hinten über die Terrasse. Kein falsches Heldentum, der da drinnen hat nichts zu verlieren. Wir warten mit dem Zugriff auf das SEK und die Kollegen vom 66. Nur bei Lebensgefahr: Signal übers Handy. Einmal vibrieren, dann gehen wir zeitgleich rein." Bernd Viertel versuchte aus dem Dienstwagen auszusteigen, Max hielt ihn fest und Sander gab ihm Zeichen, im Wagen zu bleiben.

Am Ende der Siedlung sah Sander einen Polizeiwagen. Die Siedlung wurde bereits weiträumig abgesperrt. Also genau die Situationen, die Sander hasste. Er alleine mit einem Streifenpolizisten, der noch nie in solch einer Situation war. Im Haus eine Geisel und ein Irrer, der zu allem entschlossen zu sein schien.

Sander stand jetzt unter dem offenen Fenster und was er da im Haus sah, gab ihm wenig Hoffnung, ohne Gewaltanwendung da rauszukommen. Mitten im Zimmer saß auf einem Stuhl angebunden der ehemalige Richter, ihm direkt gegenüber auf einem weiteren Stuhl Harald Lehmann. Sander schätzte ihn auf Ende fünfzig und neben ihm auf dem kleinen Beistelltisch der breit krempige Hut, an den sich die Zeugen erinnerten. Gegenüber die Terrassentür, angelehnt, da war er also reingekommen. Kein Schneider zu sehen. Unbemerkt kam Sander nicht an ihn ran. Lehmann hatte alles im Blick. Er musste durchs Fenster, oh, wie er Klettern hasste. Sander näherte sich weiter dem Fenster, um etwas von dem Gespräch der beiden zu hören. Harald Lehmann sprach laut und deutlich, den Richter verstand man kaum, er sprach sehr leise, flüsterte fast. Lehmann gab ihm die Hauptschuld für den Tod seiner Schwester. Der alte Richter schien nur zu lächeln, was Lehmann noch wütender machte. „Jetzt ist Schluss. Jetzt habt Ihr alle zu bezahlen und Sie sind der Letzte "

„Waffe weg – Polizei, LKA!“ Sander war durchs Fenster gesprungen. Lehmann wirbelte rum und schoss. Sander glaubte, eine Patrone an seinem Kopf vorbei surren zu hören, bevor sie in den Fensterrahmen einschlug. Lehmann sprang auf und in der nächsten Sekunde hielt er die Waffe an den Kopf des alten Mannes. „Los, kommen Sie her, und Waffe auf den Boden, sonst seid Ihr beide tot.“ „Nehmen Sie auf mich keine Rücksicht“ meldete sich der Richter. „Halts Maul.“ Lehmann stieß ihm die Waffe an den Kopf. Sander tat, wie ihm geheißen. Wo blieb Schneider und das SEK? Da fiel Sander ein, dass er das Signal vergessen hatte. Lehmann grinste und Sander bemerkte, dass der Mann irre war, nur noch eine Fratze, von Hass zerfressen. „Ich habe noch eine bessere Idee, Sie werden den Richter hier erschießen, mit Ihrer Waffe und dann bin ich weg.“

In dem Moment, in dem Lehmann Sanders Waffe aufheben wollte, krachte ein Schuss. Schneider stand mit gezogener Waffe im Raum, Lehmann im Rücken getroffen. Er versuchte noch, seine Waffe auf Sander zurichten, aber ein gezielter Tritt von Schneider beförderte sie weit weg. In dem Moment erstürmte das SEK das Haus und fixierte Lehmann am Boden. Jetzt kam auch sein Schwager, Bernd Viertel, und beugte sich über den am Boden liegenden Harald Lehmann: „Warum? Harald…“ Lehmann ergriff die Hand seines

Schwagers: „Sie war doch meine Schwester und deine Frau, diese Schweine haben uns alle verarscht und ausgenutzt. Ich habe sie gerächt, jetzt endlich nach dreißig Jahren, nur der „Unfall“ mit Scheeweiß, das war ich nicht.“ Bernd sah ihm tief in die Augen: „Ja, ich weiß!“ Die Fratze in Harald Lehmanns Gesicht war verschwunden. „Du?...“ Bernd Viertel, alias Mr. Smith, glaubte ein Lächeln im Gesicht seines Schwagers zu sehen, bevor er in seinen Armen starb.

Ein SEK-Beamter nahm Oberwachtmeister Schneider vorsichtig die Waffe ab, der immer noch paralysiert neben dem toten Lehmann stand. Dann kam Sander zu ihm, legte ihm die Hand auf die Schulter: „Danke, Kollege, hast was gut bei mir. Willkommen beim LKA !“

**

Einige Tage später kehrte fast wieder Normalität im LKA 11 in der Keithstraße ein. Das Team um die Hauptkommissare Sander und Fuchs hatte sich noch einmal zu einer kleinen Feier im Ristorante „Il Sorriso“ zusammengefunden. Britta Fuchs und Hauptwachtmeister Schneider gaben noch ihren Einstand, dazu war bisher gar keine Zeit gewesen. Tarek Nuri wurde zum BKA verabschiedet und auch Susi Weiß konnte nach ihrer Schussverletzung mit dabei sein.

Die Mordserie in Köpenick wurde ausnahmslos Harald Lehmann zugeordnet. Alle Spuren und Abgleiche der KTU, der Gerichtsmedizin und der Spurensicherung führten zu ihm. Nach einer Woche stellte die

Staatsanwaltschaft unter Leitung von Frau Dr. Tina Steffens die Untersuchungen gegen Harald Lehmann ein. Gegen Tote wird nicht ermittelt. Der Tod des „Alten von der Parisiusstraße“ kam als Unfall zu den Akten, nachdem der Dönerverkäufer von der Bahnhofsstraße seine Aussage zurückgezogen hatte. Bei mehreren Flaschen guten Rotweins konnte Sander Prof. Weinert überzeugen, dass das Hämatom an der linken Schulter wohl mit dem „Unfall“ zusammenhing. Sander sagte später dazu zu Marie Dreger: „Das war das Mindeste, was ich für Bernd tun konnte.“ Für Mr. Smith gab es im kleinen Kreis mit seiner Tochter Franziska einen Abschied im Hotel Adlon, an dem auch ein sichtlich entspannter Mr. Miller von der US-Botschaft teilnahm. Am nächsten Tag reisten alle wieder ab. Franziska würde Weihnachten mit ihrem Mann bei ihrem Vater in den USA verbringen. Mr. Smith, alias Bernd Viertel, hatte Karl Sander und Marie Dreger für den Sommer zu einer Rundreise durch den Osten der USA eingeladen.

Bereits nach der kleinen Teamfeier im „Il Sorriso“ waren Karl Sander und Marie Dreger noch bei Peter im „Anker“ in Köpenick eingekehrt und dann bei Sander zu Hause gelandet. Seit Jahren das schönste Wochenende für Karl und Marie. Das Leben kehrte zurück. Karl Sander konnte loslassen und sein altes Leben ruhen lassen. Die Urne von Karl Sander wurde anonym bestattet, nur im Beisein des Friedhofsangestellten.

Am Montag darauf wurde das ganz Team in das Büro von Kriminalrat Winter gerufen.

„Liebe Kollegen, aufgrund der ausgezeichneten Leistungen der letzten Tage und Wochen und für das, was Kollege Hauptkommissar Karl Sander die letzten Jahre unter Zurückstellung seines Privatlebens für Berlin geleistet hat, darf ich ihm im Auftrag des Innensenators den Verdienstorden des Landes Berlin überreichen. Der Dank des Innensenators geht auch an das gesamte Team. Neben der obligaten Prämie erlaube ich mir, dir Karl, im Namen des LKA Berlin einen Gutschein über einen Aufenthalt von zwei Wochen im Grand Hotel Binz zu überreichen. Karl, der Gutschein ist für zwei Personen. Prof Winter weiß Bescheid und Frau Dr. Dreger ist für diese Zeit beurlaubt. Die Leitung des Teams übernimmt für diese Zeit die Hauptkommissarin Britta Fuchs.“

In die Gratulation und den Beifall kam Renate Klein ins Büro und flüsterte KR Winter ein paar Sätze ins Ohr.

„Kollegen, wir haben einen neuen Fall: „Ein Toter nicht deutscher Herkunft im Tiergarten. Also auf geht’s, Frau Hauptkommissarin Fuchs, walten Sie Ihres Amtes.“

Nachwort und Danksagung

„Der Tote im Luisenhain“ ist ein belletristisches Werk. Die Story, die handelnden Personen und die Charaktere sind fiktiv. Die Orte, an denen der Roman spielt, existieren jedoch alle wirklich. Viele der kleinen Details, bis hin zu den ausgezeichneten Kuchen und Torten des „Altstadtcafès“ in Köpenick sind wahrheitsgemäß dem wahren Leben entnommen.

Was die polizeilichen, juristischen und medizinischen Aspekte des Buchs angeht, habe ich wertvolle Hilfe von vielen Personen bekommen, die davon weitaus mehr verstehen als ich – dafür allen einen großen Dank. Keinen genannt, keinen vergessen. Verzeiht mir bitte, dass ich mir als Autor gewisse Freiheiten genommen habe, um die Spannung, den „Faden“ der Handlung und die Erzählung zusammenzuhalten. Ein Beispiel dafür ist, dass ich natürlich weiß, dass Straftaten nicht vertuscht werden dürfen, aber beim „Unfall“ auf der Bahnhofsstraße geht es um menschliche Aspekte, um Freundschaft, Schuld und Sühne. Bitte verzeiht mir.

Ich bin an allen beschriebenen Orten selbst gewesen. Besonders erwähnen möchte ich die qualifizierte Führung im Bunker K 81 in Gosen. Dafür dem kompetenten Führer von der Bunkerdokumentationsstätte Marienthal einen herzlichen Extradank.

Für die Informationen zum Frauengefängnis Grünauer Str. 140 mein ausdrücklicher Dank an Frau Sandra Czech (Gedenkstätte Hohenschönhausen).

Schließlich gebührt ein herzlicher und besonderer Dank meiner lieben Frau Anna für die Geduld, die kritische Begleitung und das erste Korrekturlesen.

Mein roter Faden war stets:

Wenn euer Gewissen rein ist, so seid ihr frei.
J. W. v. Goethe

Ernst Michael Schwarz
Berlin/Köpenick, März 2020

AUTORENPORTRAIT

Ernst Michael Schwarz (Jg. 1947)

Seit 2008 bin ich als freier Autor tätig. Ich schreibe mache nur, was mir Spaß macht und wovon ich denke, dass es auch andere interessiert. Gern und sehr viel bin ich zu Lesungen unterwegs, von den Buchmessen bis zur schönen Insel Rügen. Kontakt mit meinen Lesern ist für mich sehr wichtig. Heute sind es auch Kurzgeschichten, die man unterwegs oder wo auch immer lesen kann. Meine Liebe gilt dem Autobiografischen und der Fantasy. Ernstes gibt es genug um uns herum, etwas träumen, von der Liebe schwärmen, das hilft und stimmt optimistisch. Das muss m. E. nicht alles perfekt sein, es soll unterhalten.

Ich bin verheiratet, lebe in Berlin und habe vier Kinder.

AUS DEM AKTUELLEN VERLAGSPROGRAMM

www.anthea-verlag.de

Viktoria Korb
Tod eines Friedensforschers
Broschur, 12 x 19 cm
242 Seiten, 9,90 €
ISBN: 978-3- 943583-20-5

Zum Buch

Der Friedensforscher Prof. Dr. Adalbert Donnemua von der Progressiven Freien Universität der Jugend (PFUJ Berlin) sitzt tot an seinem Schreibtisch, und das bereits seit Wochen. Als seine Freunde unter Mordverdacht geraten, beginnen zwei von ihnen selbst zu ermitteln. Schon bald müssen sie sich entsetzt fragen: War der friedensbewegte Wissenschaftler in internationale Waffengeschäfte verstrickt?
Ein Kriminalroman mit grotesker Situationskomik, der in Berlin und Warschau spielt. Authentischer Hintergrund des fiktiven Geschehens ist eine Affäre um angebliche polnische Waffenlieferungen an den Irak zu Anfang der 90er Jahre. Der Mord an General P. wurde bis jetzt, nach 20 Jahren immer noch nicht gelöst, aber es werden immer neue Verdächtigte angeklagt.

Anton Baev
Victor Bulgari
Träumen in Berlin
Roman
Übersetzung aus dem Bulgarischen von Ines Sebesta
Broschur, 14,8 x 21,0 cm
202 Seiten, 14,90 €
ISBN 978-3-943583-93-9

Zum Buch

Ein Bulgare schreibt Geschichten über seine Träume in und über Berlin auf ...
Doch plötzlich wird er wegen des Mordes an einem Immigranten verhaftet. Der Polizist Stefan Neumann entdeckt sich selbst in einigen Geschichten von Victor Bulgari wieder. Aber woher kennt der Bulgare die privaten Geheimnisse des Polizisten?
Gibt es tatsächlich eine "Parallelwelt"?
Stefan Neumann kennt seinen Vater nicht, doch mit dem Manuskript „Frauen und Planeten“ von Victor Bulgari stößt er auf Geschichten, die direkt aus dem Herzen des Balkan stammen – aus Bulgarien, der Heimat seines Vaters.
Ein vielschichtiger, skurriler Roman, der Grenzen und Zeiten für seine Protagonisten schnell überwindet – letztendlich die Reise eines Menschen zu sich selbst.

Doris Wiesenbach
GRENZENLOS
Deutsch-deutsche Kurzgeschichten
Broschur, 12 x 19 cm
268 Seiten, 12,90 €
ISBN 978-3-943583-31-1

Zum Buch

Die einzelnen Texte sind frei nach wahren Begebenheiten und Interviews mit Zeitzeugen entstanden. Erzählungen über mutige Menschen, die sich in einem geschlossenen gesellschaftspolitischen System nach Freiheit und Individualität sehnten.

In einer Zeit, als Deutschland noch geteilt war.

Für uns heute absurde Begebenheiten in einer kommunistischen Diktatur über Kontrolle, Grenzen, Flucht, Verrat und Tod. Die Geschichten sind mit einer Prise Ironie gewürzt, die damals viele DDR-Bürger davor bewahrt hat, an diesem Staat zu verzweifeln.

Wilhelm Raabe
Die Chronik der Sperlingsgasse
Broschur, 12,0 x 19,0 cm
342 Seiten, 14,90 €
ISBN 978-3-943583-76-2

Zum Buch

In seiner Chronik der Sperlingsgasse zeigt Wilhelm Raabe, was Berlin war und immer sein wird:

Die Stadt der kleinen Leute und großen Sehnsüchte. In Berlin durchdringen sich die hellsten Wunschträume und die dunkelsten Realitäten.

Aus dieser poetischen Liebesumarmung widerstreitender Elemente geht der wunderbare melancholische Humor hervor, für den Raabe steht.

edition Europa 2go

Herausgegeben von Martin A. Völker

Mihai Eminescu
Großer Mond im Laub
Mit einer Einleitung von Titu Maiorescu.
Broschur, 12 x 17 cm
234 Seiten, 12,90 €
ISBN 978-3-943583-55-7

Carmen Sylva
Prosa des Lebens
Broschur, 12 x 17 cm
192 Seiten, 12,90 €
ISBN 978-3-943583-35-9

Wien
Hrsg. von Martin A. Völker.
Broschur, 12 x 17 cm
184 Seiten, 12,90 €
ISBN 978-3-89998-268-8